オネスティ

石田衣良

集英社文庫

オネスティ

プロローグ

最初に一本の木があった。

幼い男の子にとって、その木は世界そのもののようにおおきかった。

春から夏にかけて、鮮やかな緑の葉で木は空の半分を覆った。秋の終わりには緑の衣を脱ぎ捨て、命の秘密を探るように裸の枝先を空に伸ばした。どうしてせっかく生やしたたくさんの葉をあんなふうにかんたんに落とせるのか、秋になるたびにダンプカー一台分くらい脱いでしまうのだ。男の子はそれがいつも不思議だった。

そのケヤキは何百年も昔から、海の見える丘のうえにあった。

男の子の家は、その木に隠れるように建てられた切妻屋根の二階建てである。屋根は赤で、壁は白。男の子が気にいっていたのは、窓枠がアルミではなく木製だったことで、木枠の窓から吹きこんでくる風は、どこか丸くてやわらかだった。嵐のまえには、ほのかに潮の香りもする。

ケヤキの巨木をはさんで、もう一軒の家があった。男の子の家の家主である老夫婦が住んでいる、まったく同じ形をした家だった。屋根は赤で、壁は白。ひとつだけ違っていたのは、窓枠が明るい茶色で塗られていたことだ。窓枠の色が変わるだけで、家の印象はずいぶんと変わるものだ。男の子の家の窓枠は限りなく白に近い水色である。それだけで家はずっと若く見えた。

海風が吹き寄せる丘のうえに建つふたつの家は「風の丘の双子ハウス」と、近所の人たちから呼ばれていた。男の子が幼稚園にあがるころ、家主の老夫婦の夫が急な病気で亡くなった。双子の家のかたわれは、冬には無人になった。

男の子の父と母は折りあいが悪かった。

休みの日にはだいたいけんかをしている。父親は市役所で働いていたが、心の半分は家においていた。二階の北側にあるアトリエが父の心がある場所で、そこには売れない油絵が壁際にたくさん立てかけられていた。父はひどく大人しい人で、市役所では出世コースをはずれているらしい。男の子は母親から、そうきかされていた。あの人は絵を描くのに夢中で、家のことも、わたしのことも、将来の生活のことも、もちろんあなたのこともぜんぜん考えてくれない。冷たい男で、父親失格よ。

そういう母親は、万事派手好きだった。身体《からだ》のバランスがよく、顔立ちも美しい人だったので、父は絵のモデルになってくれないかと、若いころ声をかけたという。そのころのお母さんは、あんなふうではなかった。ぼくの出世や、自分のコートや、手にさげたバッグのブランドを、他人と競うような女ではなかった。まったく女というものは浅はかだ。

ひとり息子の男の子は父と母の不平不満のはけ口になった。

長いながい週末の終わり、双方からたっぷりと毒を吹きこまれた男の子は、そっと家をでるとケヤキの大樹のところにいった。その木のそばにいると、なぜか安心するのだった。木は雨にも風にも揺らがなかった。太平洋岸のあたたかな気候でめったに降らない雪にも、地震や雷鳴や、男の子の両親の際限のない悪口合戦にも文句はいわなかった。ただすっくりと丘のうえに背を伸ばし、無数の腕を伸びのび広げ、海を見おろし立ち続けるだけだ。

1

季節は浅い春だった。

つぎの年度から、男の子は年長さんになる。幼稚園も最後の一年だ。見あげると、枝先にはちいさなつぼみが数えきれないほどついていた。ほころびかけたつぼみは、てのひらにだした黄緑の絵の具をにぎり潰したようだ。緑の命が硬い殻を破り、春にむかって、あふれだそうとしている。

「あなた、誰?」

男の子の目のまえにいきなり女の子があらわれた。片手をケヤキの荒れた幹にかけている。白いワンピースはすこしおおきめだが、袖や裾の縁《へり》につけられた白いレースが爽やかで可憐《かれん》だった。ケヤキの木の妖精みたいだ。男の子は驚いて目を丸くした。

「……ぼくは……佐久真開《さくまかい》」

「ふーん、そっちの家に住んでるんだ」

「そう」

「カイくんね。わたしは中塚美野里《なかつかみのり》、今日からあっちの家に住むの」

女の子は双子の家のもう一軒を指さした。

「わたしたち、おとなりさんだね。よろしく」

挨拶はきちんと礼儀正しくおこなわなければならない。両親から厳しくしつけられたカイは、背をまっすぐに伸ばし、お辞儀をした。

「ミノリさん、よろしくお願いします」

「いいよ」

もしかしたら、この子は年上で小学生なのかもしれない。背もすこし自分より高いようだ。カイが警戒して見つめていると、女の子がいった。

「この木すごいね。東京のマンションにはこんなおおきな木はなかった」

なぜミノリはこんなふうに初めて会ったぼくに話せるのだろうか。カイは気おくれして、自分の運動靴のつま先を見ていた。このまえ浜にいったときの砂がななめにつかった鉛筆のように淡く灰色の線で残っている。

「……そうだね」

「こっちの子はみんな、なにして遊んでるの？」

小学校で流行《はや》っている遊びはわからなかった。カイは困った。声がちいさくなる。

「ぼくは絵を描いたり、折り紙で遊んでるけど」

カイの絵はうまくはないけれど、本気の絵だった。ていねいに見て、ていねいに形をとり、ていねいに塗っていく。折り紙は鶴や兜《かぶと》ばかりでなく、狼《おおかみ》や龍や麒麟《きりん》を折ることもできた。カイは手をつかうのが好きだ。

「そうなんだ、今度描いた絵見せて」

人に見せられるような絵はまだ一枚もなかった。だいたい絵を見せるというのは、お尻を見せるようなものじゃないか。カイはミノリの無神経に、すこし腹が立ってきた。

「いつか」

「いつかって、いつ？」

「いつかは、いつか」

驚いた。そんなに人の絵を見たいものだろうか。

「だから、いつかって、いつ？」

このままではけんかになってしまいそうだ。なんだかうちのお父さんとお母さんの会話に似ている。そのとき背後から声がきこえた。すこしいらだった母の声だった。

「カイ、テーブルのノートや鉛筆かたしなさい」

母の冴子《さえこ》が裏の勝手口から顔をのぞかせている。

「あら、おとなりに引っ越してきたうちの子かしら。かわいいわね。うちのカイをよろしく」

家の外では愛想のいい母だった。ミノリが恥ずかしげな表情で笑っている。女の子の圧力が弱まった。カイは口のなかでさよならというと、さっと身を翻して、安全な自分の家に駆けこんだ。

カイがかよっているのは、風の丘のなかほどにあるおしどり幼稚園だった。

おしどりというのはなと、父の忍《しのぶ》はいっていた。確かに夫婦仲がすごくいいんだが、実は毎年ペアを組む相手が違っているんだよ。一年限りなら誰でも相手にやさしくできるからね。カイには父の言葉の意味がよくわからなかった。ただなんとなくいつものように、お母さんの悪口をいっているなと思うだけだ。

年長のクラスが始まった朝だった。若い先生が手をたたいて、遊戯室に園児を集めた。

「東京からきた新しいお友達を紹介します。さあ、中塚美野里さん、ごあいさつをどうぞ」

先生の背中から、ミノリがあらわれた。この子は同じ年だったのか。見たことのない青と赤とオレンジのチェック柄のスモックを着ている。カイの幼稚園ではスモックは母親の手づくりで、だいたいは薄い青や紺のデニムの汚れが目立たない簡素なものだ。

「中塚ミノリです。仲よく遊んでください……あっ、カイ」

ほかの園児のいるまえで、いきなり呼び捨てにされた。カイは顔から火がでるようだった。ポニーテールの先生がいった。

「カイくんをしってるの？」

「はい、おとなりさんなんです。家と家のあいだにすごくおおきな木があるんですけど、このまえそこで会いました」

頭が悪くて、駆け足の遅いヨシキがいった。

「カイとミノリはカップルだね」

カップルの意味はとうのヨシキにも、そこにいた三十人を超える園児の誰にもわかっていないようだったが、幼い子どもたちは何度もカップル、カップルとはやしたてた。カップルというのは、うちのお父さんとお母さんのように結婚しているのではなく、その一歩手前のものらしい。カイはそう見当をつけると叫んだ。

「違う。カップルなんかじゃない」

ミノリは涼しい顔で、騒ぎたてる子猿の群れでも観察するように立っている。

「はいはい、カップルはおしまい。ヨシキくん、お友達が嫌がることをいってはいけませんよ。わかりましたか」

ヨシキはカイを見て、にやりと笑った。

「はーい」

カイはヨシキをにらみつけた。

カイは最初のひと月ほど、ミノリと口をきかなかった。目があってもすぐにそらしてしまう。送迎のバスも、幼稚園の組も同じで、となりに住んでいるので、それはかなり困難なことだった。始終ミノリを意識していなければならない。いつもの通園の倍は疲れるのだった。

季節は五月になった。

双子ハウスのまんなかに立つケヤキはみずみずしい若葉を海風にそよがせていた。一枚ちぎって手ににぎれば、てのひらがびっしょり濡《ぬ》れそうな浅緑の葉が小魚のように枝先に群れている。カイは新緑の屋根を見あげながら、ゆっくりとちいさな家ほどある幹の周囲をまわっていた。

「痛い」

木の根にでもつまずいたかと思い、視線をさげるとミノリだった。幹の裏側に座っていたのだ。日曜の夕方になにをしているのだろう。まっすぐに見あげてくるミノリの目は恐ろしいほど深く澄んで、カイはあわてて顔をそらした。いまミノリは泣いていなかっただろうか。

「カイのうちも同じだよね」

ミノリがぽつりといった。ミノリの家からは、海風に流されてときに男の怒鳴り声や女の泣き声がきこえることがあった。

「そんなに嫌なら、結婚しなければよかったのに。子どもはたまんないよ」

ミノリはカイの父と母のことをしっているのだ。カイは恥ずかしさに硬直した。

「いいから、ここに座ってよ」

カイはかくかくとあやつり人形のようにミノリのとなりに腰をおろした。すぐ近くに同い年の女の子の体温を感じる。カイの身体半分がくすぐったくなった。

「カイはどう思うの？」

丘のうえから見おろす海はおおきな皿のような形をしていた。西の果ての海と空の境に日が沈もうとしている。

「最初はうちのお父さんもお母さんも、相手のことが好きだったんだと思う。でも、ずっといっしょにいるうちにだんだん好きではなくなっちゃった」

海はくしゃくしゃに丸めたアルミフォイルをもう一度伸ばし、オレンジの光をあてたようだった。この海の熱のないきらめきをどう絵に描いたらいいのだろうか。動くものを描くのは、すごくむずかしい。

「うちも似てるよ。だんだん仲が悪くなってきた」

カイはためらうようにいった。

「きっと男の人と女の人は、ほんとに好きならいっしょに暮らさないほうがいいんだ」

「どういうこと？」

「好きなら離れていたほうがいい。遠くから大切に思う。それくらいがちょうどいい」

「ねえ、カイ」

強い声で呼びかけられ、カイはとなりをむいた。鎖でつながれたように、男の子と女の子の視線が結ばれた。カイは夕日で真っ赤に染まったミノリの瞳から目をそらせなくなった。

「わたしたちはお父さんやお母さんみたいな大人になるのはやめよう。ずっと仲よしでいようね」

そのときミノリの目は海よりも深く見えた。ミノリの目はあんなにちいさくて、海や空やこのケヤキがはいるはずがないのに、その全部よりもおおきく深く見えるのだ。カイのなかに不思議な感情が湧きおこった。生きている限りこの人を守りたい。無理やり言葉にすれば、そんな気もちだ。

「うん、わかった」

ミノリが手を伸ばしてきて、強くカイの手をにぎった。

「でさ、いつカイの絵を見せてくれるの？」

カイはまだ自分の絵をミノリに見せてはいなかった。

「いつか」

「いつかって、いつ？」

ふたりは春の夕べが暗くなり、双子の家から双方の親が迎えにくるまで、新緑のケヤキのテントのしたで手をつないでいた。

翌日から送迎バスにのるときは、いつもカイとミノリはとなり同士に座った。園のちいさな鉄製の門にはいるときも、でるときも、手をつないでいる。ふたりにはそれはとても自然なことだったので、周囲の園児からカップルとはやされても、もう気にはならなかった。幼い子どもなど勝手に騒がせておけばいい。自分たちは双子ハウスに住む魂の双子で、生まれるまえはほんとうに兄弟や親子や恋人だったかもしれない。幽霊と前世と占い師がでてくるファンタジーに夢中になったミノリはそんなふうに考えていた。

双子ハウスのふたりの時間は渓流のように流れた。週と月を追うごとに、とどまることなく、岩にあたってはうれしげに砕け、また合流しては時の河口をめざしていく。おしどり幼稚園のつぎは、風の丘小学校だった。ミノリは赤いランドセル、カイは鮮やかなウルトラマリンのランドセルを背負い、毎朝仲よく登校した。六年間もつかうのだ、汚れが目立たない黒がいいとカイの母はいったけれど、父がなんとかとりなしてくれたのだ。日曜画家の父は、色のもつ重要性がわかっていた。ひとつの色のつかいかたで、そのもの自体が生きたり死んだりする。カイにとって毎日つかうランドセルの色は致命的に大切だった。

小学校でもカイとミノリは同じクラスである。もっともこの街でも少子化はよそと変わらず、クラスは一学年に二組しかなかった。学校ではもう誰もふたりをカップルと呼んだりしなかった。いつもいっしょにいるのがあたりまえすぎて、からかいの対象にもならなくなったのである。


ミノリが初めてカイの絵をきちんと見たのは、二年生の秋のことだった。
三、四時間目は図画工作の時間で、校門のわきにあるソメイヨシノを写生し、水彩で色を塗る課題である。秋もふけていたので、サクラの葉は黄色だったり茶色だったりした。幹はケヤキより荒々しい木肌で、ところどころ裂けて深い傷のように開いている。
ほかの生徒たちはさっさと自分の場所を決めるのに、カイは画板をもってサクラの木のまわりを何周もした。ミノリはそのあとをしぶしぶついていった。早く場所を決めなければ、いいところをとられてしまうし、自分も絵を描かなければいけない。カイが腰を落ち着けたのは、クラス委員の高瀬弘明《たかせひろあき》のとなりだった。ミノリはふたりのあいだに自分の場所を決めた。

ヒロアキは勉強がよくできて、身長が高く、足の速い子どもだった。クラスの女子人気は当然一番である。ミノリはそんなことは普通でつまらないと思っていた。ヒロアキは塾にかよっているし、サッカークラブにも、絵画教室にもいっているという。

「あっ、カイとミノリがきたんだ」

カイは半分枯れ葉になったソメイヨシノをくいいるように見つめて返事をしなかった。

ミノリがいった。

「うん、変なやつでごめんね」

ヒロアキの返事は爽やかだった。

「だいじょうぶ。ほかの女子がくるより、ミノリとカイのほうがいい」

ミノリはさっさとデッサンをすすめるヒロアキの手の速さに驚いていた。まだ始まって十分にもならないのに、全体のバランスを4Bの鉛筆で描き、細かな枝を加えていく。

「絵画教室の先生に習ったんだ。木を描くときは、こうするといいって」

ヒロアキはあまりモデルの木を見ずにさらさらとサクラの枝ぶりの雰囲気だけ紙上に再現していく。うまいものだった。カイはヒロアキのほうを一切見なかった。一本の木に集中している。ヒロアキが鉛筆のデッサンを終えて、水彩絵の具の準備を始めたころ、ようやくすこしずつていねいに線を引き始めた。

ミノリは自分の絵を描きながら、ふたりの男子の仕事を観察した。小学校の図工に仕事という言葉はふさわしくないかもしれない。けれど、ヒロアキの流れ作業のようなやりかたも、カイの息がつまるほど真剣なとり組みも、仕事というほうがぴったりときた。

カイは長い前髪のあいだから鋭い視線を放って、もうすぐ裸になるソメイヨシノの命をつかもうとしていた。よく見て、すこし線を引く。またよく見て、さらに線を延ばす。それは不器用だが味わいのある線で、上手ではないけれど、つい目を奪われる不思議なごつごつとした力があった。

それに対して、ヒロアキは誰よりも早く水彩絵の具を画用紙にのせていた。水彩の特徴を活《い》かした淡いトーンで、全体をきれいな絵葉書のようにぼかしていく。色の対比や配置も鮮やかだ。絵にはほんとうにいろいろな描きかたがある。ヒロアキは上手で、大人が描いたみたいだった。カイは上手じゃない、でもこの絵には見る者の心をしーんと静かにさせる力がある。どちらがいいのか、ミノリにはわからなかった。そうしているうちに、自分の絵にとりかからなければ、間にあわなくなってくる。さあ、集中だ。ミノリはふたりの男の子にはかなわないが、なんとか一枚のサクラを仕あげた。

教室にもどると、生徒は五十音順に名前を呼ばれた。

自分の絵を胸にかかげ、先生や生徒から講評を受けるのだ。ふたりの男子のあいだで、絵ができあがっていくのを見ていたミノリには、ヒロアキとカイの絵がどんなふうに先生から評価されるのか、ひどく楽しみだった。

先に黒板のまえに立ったのはカイだった。胸の高さにあげた画用紙は三分の一ほどしか、色が塗られていない。絵の具の乗りは厚く、なんとか実物と同じ色をだそうと苦労した跡がうかがえる。色のない木のデッサンは枝が奇妙にからみあい、魔女の首つりにでもつかわれそうな不気味な形だった。けれど確かにミノリとカイの位置からは、あのサクラはこんなふうに見えていた。あれはただきれいなだけの木ではなかった。

「うーん、ちょっとバランスが崩れているかな。まじめなのはわかるけど、時間の配分をちゃんと考えて色を塗りましょう。水彩絵の具はもとのままを混ぜるんじゃなくて、もっと水で溶いて透明な感じを活かすといい絵になりますよ。みんなはどう思うかしら」

気もち悪い、なんだか怖い、悪魔の木みたい。みな不安になったせいか、からかうような声があがった。ヒロアキが手をあげていった。

「あの木には気もち悪いところもありました。ぼくは佐久真くんの絵、いいと思います」

ミノリはヒロアキを見直した。ただの絵がうまいクラス委員ではないのだ。ヒロアキの番がまわってきた。ヒロアキの絵は白い画用紙の余白を活かし、そこに鉛筆でローマ字のサインまではいっていた。画面の中央にはバランスよく秋の日を浴びたソメイヨシノがおかれている。日があたっている側と翳《かげ》った側の色づかいが見事だった。大人が描いたようだ。すごーい、うまい、カレンダーみたい。子どもたちは歓声をあげた。この絵なら安心してほめられる。クラスのみんながそう思っているのがわかる。

「さすがに高瀬くんは上手ねえ。水彩絵の具のつかいかたはお手本です。あと細かな葉の描きかたと色の配分をよく見てね。バランスがとてもうまくとれています」

おーすげえと男子が叫び、別な男子がいやーん結婚してと声をあげた。笑い声が湧きおこる。ミノリはいっしょに笑いながら考えていた。この絵のきれいさは、あのサクラのきれいさとは別なものだ。絵としてはとてもきれいで上手だけれど、あの木とはなんの関係もない。すくなくともミノリにはカイの絵のほうが、秋の終わりのソメイヨシノの淋《さび》しい命に迫っているような気がした。

ミノリはカイの顔をそっとうかがった。かすかに頬が赤いようだ。唇は一文字に結ばれている。カイはいつもの穏やかな表情ではなかった。

その日の放課後、ミノリは自分の部屋にランドセルをおくと、カイの家を訪れた。

「冴子おばさん、カイはいる？」

カイの母親は真っ赤なタートルネックのセーターを着ていた。秋の新作なのだろう。

「部屋にはいないみたいよ」

「そう、なら捜してみる」

ミノリはそういったが、カイの居場所なら予想がついていた。カイはなにかに傷ついたり、感情が不安定になったりすると必ずあのケヤキのところにいく。ミノリはカイに見つからないように、裏手から子どもの背の何倍もの太さがある幹をまわった。

「カイ、見っけ」

ざらざらと手にこすれる幹を押して、カイのまえに飛びだした。カイは地面に寝そべっていた。根のこぶを枕にしている。なぜか顔を右手で覆っていた。

「どうしたの？」

「どうもしない」

声がかすれている。泣いているのだろうか。放課後に教室のうしろの壁に全員の作品が貼られていた。優秀な作品には先生が赤いリボンをつけた。全三十枚のうち半分近くの右肩につけられた赤いリボンは、カイの絵にはついていなかった。

カイにとって絵は、ただの図画工作の課題ではない。真剣な仕事なのだ。

「わたしにはカイの絵、すごくよかったよ」

「いいよ、嘘《うそ》つかなくて」

カイは顔から手をどかして、横をむいた。

「ほんとだよ。高瀬くんは確かにうまかったけど、あれはサクラの木とは関係がない絵だった。きれいだけど、木の命とは関係ない絵」

カイは黙っていた。ちいさな背中で、ミノリを拒絶している。

「ずっとずっとカイはこの木を見てきたよね。ちっちゃなころからさ。だから、誰よりも木の命とか、うれしさとか、淋しさとかがわかるんじゃないかな。そういうの全部、あの絵のなかにいれようとしたでしょう。わたしも嫌なことがあると、この木のところにくるから、わかるよ。このケヤキの木も、泣いたり笑ったりするもん」

「だけど、先生もダメだっていってた。先生にはぼくの絵はぜんぜん伝わらなかったよ。みんなには気もち悪いっていわれるし」

おしまいのほうでは完全に涙声になっていた。カイはもう隠すことなく泣いていた。小学生でも本気なのだ。カイの真剣さは大人に引けをとらない。ミノリは懸命に考えた。なにかカイを元気にしてあげられることはないだろうか。なんでもいい、ミノリはこの魂の双子のためなら、なんでもしてやるつもりだった。

ミノリはそこで思いだした。確かレンタルで観《み》たハリウッド映画で、犯人に逃げられた刑事を女性弁護士がなぐさめていた。あのときは確か、こんなふうにしていたはずだ。

「カイ、起きて。ちょっとこっちむいて」

「なんだよ」

カイは涙をトレーナーの袖でふいて、身体を起こした。ミノリは目を開いたまま顔を近づけていった。あのシーンで映っていたのは刑事の俳優の顔で、女性弁護士がどんな表情だったのか、ミノリにはわからなかった。カイも真っ赤な瞳を閉じなかった。濡れたカイの目とミノリの目が、たがいに相手の顔を映した。唇がふれあう距離になると、まるで相手の目のなかに自分のすべてがはいってしまいそうだ。

唇がふれあった。

しっかりと口を閉じて、そのまま五秒待った。カイもミノリもおたがいの身体に腕をまわさなかった。それがふたりの初めてのキスで、確かにこの魔法には効果があった。カイはそのあとで、すこしだけ元気になったのだ。不思議だったのは、ミノリまで以前よりずっと元気になったことで、幼い身体の奥からなにかがあふれだしそうだった。

ふたりはキスのあとで、おおきなケヤキを見あげた。

おたがいの顔を指さし、すこし笑った。

茶色い枯れ葉をさらさらと高い秋空で打ち振る一本の木は、そのとき確かにふたりに笑いかけた。

2

カイはあの絵を押し入れのなかに貼った。

自分の犯した失敗と悔しさを忘れないようにするためだ。

ときには何時間も押し入れにこもって、絵を見続けることがある。学習机の電気スタンドをもちこんで、引き戸を閉め一枚の絵とむきあう。なにがいけなくて、どこで間違ったのか。先生やクラスメイトに批判されたのはどの部分か。いくら見てもカイには未完成のサクラの絵がそれほど悪いものだとは思えなかった。あの日確かに、こんなふうに一本の秋の木が見えていたのだ。中途半端に枯れた葉の虫食いの跡や、ざらざらに荒れた幹の感じ、日のあたる側だけ育ったバランスの悪い枝ぶり。カイの絵は稚拙だが、そのすべてがきちんと観察され、描きこまれていた。

カイはそれまでにも増して、真剣に絵を描くようになった。モデルは風の丘の双子ハウスのあいだに立つケヤキの大木である。晴れた日にはクロッキー帳をもって、裏庭に出る。印象派の画家たちのように麦わら帽子をかぶり、屋外でスケッチに励むのだ。雨の日には自分の部屋の窓を開いて、全身を濡らして気もちよさげにハミングでもしているようなケヤキを描いた。あの一本の木をちゃんと描ければ、きっと世界も描けるようになる。カイはそう信じて、季節ごとに変わっていくケヤキの姿を描き続けた。

学校でも家でも近くにいるし、どこかでかけるときもいっしょのことが多かったけれど、ミノリはカイとつきあっているという感覚がなかった。家族のように意識せずに振る舞える同じ年の男子。すこし変わり者で、絵が上手で、勉強もスポーツもそこそこの平均的な同級生。カイはそんなふうに見えたが、ひとつだけほかの男子と違っているところがあった。自分のなかに決して揺らがない核のような強さをもっているのだ。それはクラスを見渡しても、それどころか先生たちのなかにさえ見つからない不思議な力だった。カイは一枚のかんたんなスケッチを描くときでさえ、これをちゃんと仕あげなければ死んでやるとでもいうほど真剣だった。仕事でも遊びでもいい、カイほどの真剣さをもってなにかにとり組む人間をミノリはしらなかった。その真剣さをミノリは自分でも気づかないうちに尊敬していた。カイにはほかの人にはない力がある。それはただ絵がうまいとか、プロの画家になるとか、そういう問題とは別な、人としての力だった。

春がきていた。丘を吹きあげてくる海風はまだ冷たいが、ケヤキは今年も鮮やかな黄緑の若葉を無数に生みだしている。カイの絵はちゃんと若葉のやわらかさや産毛まで感じさせるものだった。

ミノリはカイのとなりで、勝手におしゃべりをしていた。カイには特殊な能力があり、どれほど絵に集中していても、ちゃんと会話ができる。ミノリは不思議だった。初めてのキスをしてから、もう一年半がたっている。だが、ふたりのあいだでキスは習慣にはならなかった。あの日身体の奥が熱くなり、お腹《なか》のなかがねじれるほど興奮したけれど、あれは全部まぼろしだったのだろうか。

「ねえ、今度カイもいっしょに西田《にしだ》くんちにいかない」

西田くんとは普通に口はきくけれど、とくに仲のいい男子ではなかった。カイは風に揺れる枝先を見つめていた。あの動きを、静止している絵にどうあらわしたらいいのだろうか。

「なんで？」

ミノリはカイの近くで、草のうえに座っていた。ちゃんとレジャーシートは敷いている。草に直接腰をおろしているカイのお尻は冷たくなっているはずだ。西田昴《すばる》流の家は段ボール工場だった。製紙業が盛んなこの街に多い町工場のひとつである。

「西田くんちって、すごくおおきいんだよ。工場の二階に働いてる人用の集会場があって、そこで遊べるんだ」

興味なさそうに、カイは質問した。

「なにをして遊んでいるの？」

海風が吹いて、さらさらのカイの前髪とミノリのスカートを乱した。カイは自分の鉛筆の先から視線をまったく動かさなかった。しげしげと見られるのは嫌だけれど、こちらをまったく見る気もない態度は腹が立つ。

「暗闇鬼ごっこだよ」

きいたことのない言葉だ。カイは手を休めて、ミノリのほうをむいた。

「それって、どういう遊びなの？」

ようやくこちらに気がむいてきた。ミノリはそっぽをむいた。沖の遥《はる》かに白と灰色の貨物船が浮かんでいる。精巧なおもちゃのようで、怪獣にでも襲われたら一発で撃沈されそうだった。

「教えてほしい？」

カイが４Ｂの鉛筆をにぎり直した。

「めんどくさいから、いいや」

また絵の世界にもどろうとする。話はできるけれど、そこはミノリが立ちいることができない世界だった。カイは小学校の中学年で、自分だけの世界をもっている。

「ちょっと待って。せっかく人が話そうとしてるのに」

カイはクロッキー帳のくるくると巻いた針金のところに鉛筆をおいた。絵を描くのにすこし疲れたのだろう。

「ちゃんとききます」

ミノリは親しい仲でときどきつかわれるカイの敬語が好きだった。自分が大切にあつかわれている気になる。

「暗闇鬼ごっこはすごいんだよ」

失敗したと思った。お笑いの人が自分でこれからおもしろい話をするというのと同じだ。ミノリは失敗を帳消しにするために間をおかず続けた。

「集会場は体育館の半分くらいある。床はひんやり冷たいタイルだよ。窓のカーテンを全部閉めて、電気も消して、鬼ごっこをするんだ。鬼は男子と女子のひとりずつ」

なんだかおもしろそうとカイは思った。そんなことがクラスのなかで流行っているなんて、まったく気がつかなかった。カイは友達がすくない。ミノリが目を光らせていった。

「それでね、男の鬼は女子、女の鬼は男子しかつかまえちゃいけないの。つかまったら、自分も鬼になって、生き残った子を追いかける」

前回の暗闇鬼ごっこで最後まで逃げたのは、ミノリだった。暗闇のなか四、五人の男子に追われ、迫ってくる手をかいくぐるのはすごいスリルだった。自分のなかにあったとは思えないような悲鳴がでる。

「へえ、そうなんだ」

カイはあのどきどきするようなたのしさがわかるだろうか。わからないなら、教えてやりたかった。絵ばかり描いていたら、おもしろみのない大人になる。

「それでね、明後日《あさって》またやるんだよ。今度はカイも連れてくるって、みんなにいったから、いっしょにいこう」

どうして急にそんな話になるのか、カイにはわからなかった。けれど、目が光っているときのミノリにはさからえなかった。そういえば傷ついた自分にキスしてくれたときのミノリは、こんな目をしていた。

「わかった」

なんだかすこし不安そうだった。西田くんはクラスのなかで、派手な人ばかり集まったグループのリーダーのひとりだ。ディスカウントショップや兄弟のおさがりでなく、東京で買ってきた子ども用のブランド服を着た子どもたちである。強い海風が吹いて、ケヤキの木が全身を震わせた。生まれたばかりの若葉は一枚のこぼれもなく、細い枝先にしがみついている。カイはしっかりと枝に結びついた若葉のつけ根を描き始めた。

生ぬるい風が吹く曇り空の午後だった。

段ボール工場の入口ではフォークリフトがくるくると回転して、トラックにさまざまなおおきさの段ボールを積みこんでいた。箱にするとかさばるのに、平らにするとあんなに薄くなる。カイは立体と平面の不思議を考えた。三次元の世界を平面の絵のなかにどうやったら押しこむことができるのだろうか。

「カイ、こっちだよ」

工場の横にある鉄の階段で、ミノリが手招きしていた。足音を抑えて、天井の高い工場の二階にあがった。金属の扉を開けると、工場の機械の音がうるさくなった。廊下がまっすぐに続いている。右手には白板があり事故防止の貼り紙がしてある。あとはなぜか水着でジョッキをもつ胸のおおきな女性のビールのポスターが派手にならんでいる。スバルが顔をのぞかせた。

「ミノリとカイで最後だ。今日は十六人もきたから、すごいことになるぞ」

スバルはおへそが見えそうな丈のぴちぴちのTシャツを着ている。カイは集会場に足を踏みいれた。教室の数倍はありそうだった。すでにカーテンは閉め切られ、蛍光灯の青白い明かりのしたにクラスのほぼ半分が集合している。スバルが叫んだ。

「最初の鬼を決めるジャンケンするぞ。最後まで勝ったやつが鬼だからな」

あー勝ちたい、男子の誰かが漏らした。おれも、おれもという声が続く。そうか、これは普通の鬼ごっこと違って、鬼のほうがたのしい遊びなのか。カイはそう納得した。女子はみな頬を赤くしている。そちらはなぜかわからない。

ジャンケンで勝ったのは男子がスバルで、女子は白石奈菜《しらいしなな》だった。ナナは小柄だけれど、学年で一番足が速い少女である。スバルが扉のわきにならんだ電灯のスイッチに手を伸ばした。

「みんな、始めるぞ」

返事は悲鳴だった。日ざしに舞うほこりのように子どもたちがでたらめに走りだした。なぜ、これほど男子も女子も興奮しているのだろう。ミノリがそばにやってきていった。

「カイはわたし以外の子につかまったらダメだからね」

ミノリはワンピースの裾をひるがえし、女子のグループにもどっていく。返事をしようとしたところで、明かりが消え、集会場は暗転した。ミノリのまっすぐに伸びた太ももの白い裏側が、カイの目に消えない残像となった。暗闇を満たすのは春の生ぬるい空気と、子どもたちの駆けまわる気配と悲鳴だった。カイは自分もあてもなく逃げながら、どうして女子のあげる悲鳴が、こんなにうれしそうなのか不思議に思った。暗闇のなか男子に追われるのが、なぜそれほどうれしいのだろう。

カイは誰かにぶつかった。手にふくらみ始めた胸の感触が焼きついた。あわててごめんとあやまったが、相手は悲鳴をあげてどこかにいってしまった。

「やめてよ」

暗闇のどこかで、女子が甘く叫んでいた。カイは尻をさわられた。

「つかまえた」

スバルの声だった。カイは手を払っていった。

「男子がつかまえていいのは、女子だけなんだろ」

「なんだよ。カイか。おまえもうまくやれよ。暗闇鬼ごっこでは、誰のことさわってもいいんだぞ」

ただの鬼ごっこではなかったのか。閉め切った部屋のなかは、子どもたちの身体からあがる熱と激しい動きで温室のように暑くなっていた。真っ黒な温泉にでも浸《つ》かっているようだ。その闇を肌にぬるぬると感じながら、追いかけっこをする。誰が考えたのかわからないけれど、これはすごい遊びだった。カイもほかの子どもたちに負けないほど声をだした。高い声をあげるのが、とにかく気もちいい。

「うわー、やられた」

「大久保《おおくぼ》くん、つかまえた」

ナナが叫んでいる。鬼がしだいに増えているのだ。逃げなければならない。あちこちで、子どもたちが鬼につかまり、自分も鬼に変わっていった。数分で逃げている子のほうが少数派になる。カイはまだ自由だった。どの鬼の女子からも、身体をふれられていない。

「わたし、つかまっちゃったよ」

暗闇のなかできくミノリの声にどきりとした。

「獲物は誰にしようかな」

男子の悲鳴があがる。カイはミノリが自分にむかってそういっているのがわかっていた。逃げなければいけない。この熱い暗闇の時間をできるだけ長く引き延ばすのだ。ネルシャツのしたに着たTシャツが汗で肌に張りついている。集会場の中央には子どもたちと鬼が群れていた。カイは足音を立てずに、部屋の隅に移動した。白板のうしろに入りこむ。なにかに足がつまずいた。

「痛い」

藤代朱音《ふじしろあかね》だった。クラスで三番目くらいにかわいい女子で、家はバス停のまえにある文房具店だ。声を殺してあやまった。

「ごめん」

「カイくん、鬼じゃないよね」

「違う」

「じゃあ、いいよ。ここにしばらく隠れていたら」

悲鳴があがった。またもうひとり子どもが鬼に変わったのだ。ぞくぞくするほど怖くて、じっとしていられないほどたのしかった。アカネが囁《ささや》いた。

「この鬼ごっこ、おもしろいよね。カイくんは、初めてだっけ?」

「うん」

カイはアカネといっしょに会議用の白板のうしろにしゃがみこんでいる。息のかかる距離できくクラスの女子の声はおかしな感じだ。

「最初に考えたのは西田くんなんだけど、始まったころはこんなにエッチじゃなかった。このまえなんか、西田くん、関谷《せきや》さんのスカートをめくって、パンツをおろして、キスしたんだよ」

カイは驚きのあまり硬直してしまった。小学生の男子に、そんなにすごいことができるのだろうか。

「直接？」

「そうだよ。お尻に直接。すごいよね」

アカネの声には、どこか賞賛するような響きがあった。カイは男子なので、スバルを文句なしに尊敬したけれど、女子にも同じような気もちがあるのに驚いた。男子と女子の壁は、教室では見あげるほど高く分厚い。それを軽々と破り、お尻にキスまでしたのだ。スバルはえらいやつだ。

「残りはカイとアカネだけだ。みんな、見つけたらむちゃくちゃにしていいぞ」

その英雄が叫んでいた。アカネがかすれた声でいった。

「わたしはいつもどこかに隠れて、最後まで逃げるの。ひとりぼっちで鬼にかこまれて、もうおしまい。なにをされちゃうかわからないっていう感じが大好きなんだ」

鬼になったクラスメイトの足音が近づいてくる。アカネがいきなりカイの手をつかんだ。どちらの手も汗で濡れていた。カイは女子の汗を気もち悪いとは思わなかった。白板の裏手にまわってくる白いソックスがぼんやり見えた。女子の脚だ。いきなり背中に女子がふってきた。重みと熱につぶされそうになる。耳元でナナが叫んだ。

「カイくん、みっけ」

男子の誰かがアカネを羽交い締めにしていた。

「藤代、つかまえたぞ。鬼ごっこ、一回戦終了」

明かりがもどった。果てしなく広く感じられた集会場は照明がもどると、殺風景なタイル張りの部屋だった。なぜか腰に手をあて、ミノリがカイをにらんでいた。明かりをつけてもどってきたスバルがいった。

「よし、じゃあ二回戦いくぞ」

男子と女子に分かれて、ジャンケンが始まった。その日は休憩をはさんで、暗闇鬼ごっこは五回戦までおこなわれた。


夕焼けの帰り道、ミノリは妙にカイにからんできた。

「アカネちゃんとずっと同じところに隠れてたんだ」

あれはずっとだろうか。もうよく覚えていない。

「途中からだと思う」

丘をのぼる坂道に長い影が落ちている。汗をかいた身体に夕風が心地よかった。

「なにか話した？」

「西田くんが直接お尻にキスしたこととか」

「あー、スバルはそういうことするよね。わたしには怖がってこないけど、今日も三人に抱きついて、さわりまくってたから」

そういえばミノリは五回もチャレンジしたけれど、カイをつかまえることはできなかった。カイは自分が鬼になったとき、恥ずかしくてミノリを避けてしまった。普段からとなりの家に住んでいて、放課後や週末はいっしょにいることが多いのだ。クラスのみんなのまえでは、なるべく普通の同級生の振りをしたかった。

丘を半分ほどのぼると右曲がりの坂道の先に、ケヤキの大樹が見えてきた。

「あのさ、カイ。どうしたら赤ちゃんが生まれるかしってる？」

スバルを中心に男子のなかでもませた子たちが、なにかいっていた気がする。カイはそのとき話題には加わらなかった。

「よくわからない」

ミノリは立ちどまって、カイをじっと見つめた。またあの目をしている。世界全体がすっぽりと収まってしまいそうなおおきくて深い目だ。

「しらないなら、いいや。大好きで、愛しあってる大人の男と女のあいだで、赤ちゃんは自然に生まれるんだって」

ミノリはなにかをしっている。カイはそう思ったけれど、続きをきかなかった。しらないほうがいいこともある。いつか必要なときに、知識はむこうからやってくるだろう。自分の家のまえまでくると、ミノリがいった。

「あー、暑いし、のど渇いた。暗闇鬼ごっこはあとで疲れるよね。じゃあ、また明日」

ワンピースの裾を両手でばさばさと羽ばたかせ、ミノリは風を送っていた。カイもパンツのなかに汗をかいていた。あとで自分の部屋にもどり、絵でも描きながら今日の午後ほんとうはなにが起きたのか考えてみよう。カイはなにかを考えるとき、手を動かさずにはいられない。

「うん、また明日」

ミノリにはまだ声にだしてさよならといったことがなかった。裾をばさばさとさせながら、ミノリは家に帰っていく。白い下着がのぞいた気がしたが、カイは見なかったことにした。


「ただいま」

どうして、家のなかが真っ暗なのだろうか。外はまだ西空に夕焼けが残っているけれど、家のなかは夜のようだった。

「お母さん、いないの？」

カイは不安になりながら、玄関から短い廊下を抜けて、奥のリビングにむかった。曇りガラスがはまった扉を開けると、いきなり抱き締められた。母親の匂いとやわらかさに全身を包まれる。

「ごめんね、カイ」

なぜあやまっているのだろうか。理由がわからない。息が苦しかった。母は力いっぱい抱き締めてくる。小学生になってから、こんなふうに思い切り抱かれた記憶はなかった。目の端にダイニングテーブルが映った。なにもないテーブルの中央に写真立てがおいてある。父と母とカイの三人が笑顔でVサインをしていた。背景は東京ディズニーランドのシンデレラ城だ。去年の夏休みにいったときのものだ。

「お母さん、苦しい」

首筋に滴が落ちてきた。家のなかなのに雨が降るなんておかしい。そのときカイは気づいた。母は泣いている。自分が帰ってくる以前から、ずっと泣いていたのだ。明かりもつけずに、思い出の写真を見ながら。カイのなかで不安が一気に高まった。暗闇鬼ごっこの興奮が一瞬にして吹き飛ばされてしまう。

「なにがあったの？　お母さん、泣いてるの？」

そうきいたとたんに母は身体を離した。涙をふきながら、キッチンにいってしまう。

「泣いてなんかないわよ。さあ、晩ごはんの支度をしなくちゃ。カイ、手を洗って、先に宿題やっちゃいなさい」

母からそういいわたされると、子どものカイにはなにもいい返せなかった。心のなかには嵐がくるまえの海上の雲のような灰色の不安が渦巻いているけれど、しぶしぶ洗面所にむかった。あと一歩大切なことをきけない。引っこみ思案で損をして、あとになってから後悔するカイの性格は、幼いころから変わらなかった。

母が家財の半分とともに家から消えたのは、翌週のことだった。

父は母がどこにいったのかわかっているようだ。カイのまえでは父は決してとり乱さず、淡々と家事をこなしていた。もともと父は結婚していても、独身のような生活をしていた。自分の分の掃除洗濯は自分でやり、料理も苦手ではない。市役所の仕事以外は、ただひたすら二階のアトリエにこもって油絵を描いている。母の家出については父にも衝撃はあったことだろう。プライドの高い父は自分が母のせいで苦しんでいるのを、人に見せなかった。カイは幼いながら、大人の男と女が張りあう意地をすこしだけ理解していた。

そうした事情につうじることと、母のいない悲しさは別だった。カイは学校から帰ると、父が用意してくれた菓子をたべ、ケヤキを描きにいった。そこにいけば、心を静かにして絵を描くことに集中できた。あの木とミノリが待っていてくれる。

母が消えて一週間ほどたった日だった。

まぶしいほどの春の曇り空が、ケヤキの若葉のあいだにのぞく午後だ。カイはクロッキー帳を広げ、ミノリは宿題のドリルを解いていた。父の仕事が遅くなると、カイはミノリの家に夕食に呼ばれることが多くなった。

「カイ、だいじょうぶ？　最近あまりしゃべらなくなったよね」

幹から生えでた枝の分かれ目を、カイは観察していた。木の生長するところには、力がたまっている。あの力を絵にしたかった。

「そんなことない。ミノリとはよく話してる」

「違うよ。学校でだよ。暗闇鬼ごっこに誘ってもこないし。カイがいないと、あれ、おもしろくないんだよね」

カイが口をきかないのは、学校だけではなかった。家のなかでも父とはほとんど会話がなかった。もともと無口な父である。

「このまえミノリはいってたよね。どうしたら赤ちゃんが生まれるかって。大好きで、愛しあってる大人の男と女がいっしょにいると、赤ちゃんは生まれるんだよね」

ミノリがドリルから顔をあげた。長い髪が煙のように風に吹きあがる。

「そうだよ」

「じゃあ、なんでうちのお母さんとお父さんは、ぼくを産んだのかな。ぼくがここにいるってことは、ふたりとも大好きで、愛しあっていたんだよね。なんで、こんなふうになっちゃったんだろう」

母が消えてから、カイはまだ泣いていなかった。父や教師のまえでは悲しむところを見せたくなかった。カイが信頼する人間は数すくない。いけないと思ったときには、涙がクロッキー帳に落ちて、ケヤキのデッサンをにじませた。ミノリはなにもいわなかった。カイは海と山に目をやり、心を落ち着けようとした。海をはさんだ山並みの半分は住宅が占めている。あと三十分もしたら、明かりが灯《とも》り始めるだろう。昼と夜が綱引きをして、決着がつかない短い夕暮れの時間だった。カイが好きなあらゆる色に艶が乗る時間だ。

「ずっといっしょにいるからじゃないかな」

ミノリの声はいにしえの神を祀《まつ》る神殿の巫女《みこ》のようだった。意見ではなく、真実を告げる声だ。カイは黙って続きを待った。

「どれほど大好きで愛しあってる人でも、ずっといっしょにいるとダメになる。男の人と女の人って、そういうものなんじゃないかな。わたし、ずっと幸せな夫婦って見たことないよ。山口《やまぐち》くん、森本《もりもと》くん、伊勢《いせ》さん、霧島《きりしま》さん、それにカイのところも」

それはみな親が離婚した子の名前だった。カイのクラスの三分の一ほどはシングルマザーやシングルファザー家庭である。

「ずっといっしょはダメなんだ」

「きっとそうだよ。時間が全部ダメにするんだ。恋も、愛も、結婚も。わたしはカイのことが好き。カイみたいにわたしに似てる人に会ったことないし、これからもいないと思う」

胸の中心を射貫《いぬ》かれて返事もできなかった。カイがミノリに感じるのも、ただの初恋ではなかった。この人と生涯を送りたいという願いだ。恋愛も、性も、結婚の法的な根拠もわからないけれど、それは関係なかった。大人であるか、子どもであるかも関係ない。ひとりの人間として、カイは真剣にミノリを求めていた。この人といっしょに自分の命をつかいたい。それは胸が苦しくなるほどの願いだった。深呼吸をするとカイはいった。

「ぼくもミノリじゃなくちゃ、嫌だ。ほかの女の子はもういい。ミノリとなら、この手や心臓を交換してもいい」

やっと自分の好きな線を引けるようになった右手を、カイは見つめていた。なぜ、こんなときにまた涙がでるのだろうか。手の甲は涙をはじいて白かった。カイとミノリの視線が、列車でも連結するように結ばれた。相手がなにを思い、なにを感じているか、考えるまでもなくわかる。その短い時間、ふたりはひとつの心を生きていた。

「だったら、わたしたちはみんなとは違うことしよう。おたがい大好きだけど、つきあったりしない。ずっといっしょにいるのもダメ。恋愛も結婚もしない」

カイは急に不安になった。

「それだと、ぼくたちはなんの関係もなくなっちゃうよ」

ミノリは微笑《ほほえ》んでうなずいた。

「わたしたちはどんな秘密もつくらない。心はいつも一番近いところにある。カイが誰を好きになっても、恋をして結婚しても、わたしはずっとカイのことを好きでいる」

夢みたいだった。そんなことがずっとできるのだろうか。

「それがうまくいけば、ぼくたちは勝てるかもしれないね」

恋愛や結婚を殺す時の流れや習慣や倦怠《けんたい》に打ち勝てるかもしれない。幼い心でカイはそう感じていた。人が必ず敗れ去る時間という難敵をあざむけるかもしれない。

「カイ、わたしのこと、ずっと好きでいてくれる?」

「うん。ミノリは?」

「わたしは絶対そうするよ。でも、わたしたちはつきあわない。赤ちゃんをつくるようなこともしない」

「でも、ずっと好きでいる」

身体の奥から不思議な涙が湧いてきた。カイとミノリは手をつなぎ、ケヤキの木を見あげた。

3

カイの家のリビングには、一枚の絵が飾られていた。

父の描いた油絵の大作だ。季節が変わるたびに絵は掛け替えられた。春の若葉、夏の深緑、秋の紅葉、冬の白銀。どの作品も木々に囲まれた無人の山を描いた油絵だった。なぜ父が山の絵ばかり描くのか、理由はわからなかった。けれどカイ自身も気がつけば、ミノリの家との境界に立つケヤキの絵ばかり描いていた。父も自分と同じように理由などないのかもしれない。ただ山や木にとりつかれてしまったのだ。

壁の一面を占めるのは春の絵だった。ミノリが額縁に切りとられた新緑の岩山に目をやるといった。

「お父さん、もういっちゃったの?」

「朝五時にね」

テーブルのうえには数枚の紙幣がおかれていた。週末のカイの食費である。父は休日になると必ずといっていいほどスケッチ旅行にいく。土曜の早朝に家を出て、日曜の夜に帰ってくる。今もきっと日本アルプスのどこかにひとりでいるのだろう。クロッキー帳に気にいった山のデッサンを描いているはずだ。

すこし寒いけれど、カイはリビングの窓を開け放していた。薄い水色の窓枠から潮の匂いのしない浜風が吹きこんでくる。父の絵は厳しい絵だった。数百枚も描いているが、ひとりも人が登場しない。きっと人間が好きではないのだ。萌《も》えあがる緑に包囲された荒れた岩肌の山頂には、やわらかだけれど冷たい早春の風が似あうとカイは思っていた。指先が冷たい。ミノリは足にきつくブランケットを巻いていた。

ふたりは四月から風の丘第一中学に進学する。ミノリの両親は中高一貫の私立校への受験も考えたが、この街では風一が進学成績がもっともよかった。

「もう小学校が終わるなんて、変な感じだね」

ミノリの背は若木のように伸びていた。カイよりもこぶしひとつ分高い。筋肉のついていない手足は磨きあげた白木の棒のようだ。カイが黙っているといった。

「あの話、ほんとうだったよ」

カイは父の絵を見ていた。父の描く山々には力があった。何人か絵を買ってくれる人もいるらしい。けれど父は市役所勤めだった。どういう業務内容かわからないが、長く福祉課にいるという。素人の絵とプロの絵はどこが違うのだろう。いくら考えてもわからなかった。美術の教科書にはこの絵よりも力のない作品が載っている。

「……なにがほんとなの?」

カイは絵のことになると集中しすぎる癖がある。ミノリは照れずにあっさり口にした。

「どうやったら子どもができるかだよ」

小学校高学年になり、教室では男性と女性の身体の変化について学んでいた。第二次性徴と生理や精通に関する話だ。だが教師はどうやったら子どもができるのか、具体的に説明してくれなかった。その先は中学の学習範囲だという。

クラスではその秘密について噂話《うわさばなし》が乱れ飛んでいたが、どれも信用できなかった。なかには試験管やスポイトをつかうという男子がいて、男性から出る液体を飲めば妊娠するという女子もいた。カイは絵を描くことに夢中で、クラスの噂をすこし離れてきいていた。興味がないわけではなかった。

「なんでわかったの。本、ネット？」

「違う」

肌寒いのかミノリが足のブランケットを巻き直した。目を伏せていった。

「うちの親」

ミノリの両親ならよく知っていた。母が家をでていってから、何度晩ごはんをごちそうになったかわからない。家族旅行にいっしょに連れていってもらったこともある。ミノリと仲のいいカイをいつも気軽に誘ってくれる隣人だった。

「ほら、うちのお父さんとお母さんって、けんかばかりしてるでしょう。先週も夕方から大げんかしてたんだ」

「どうして？」

「理由なんかないよ。泣いたり叫んだり、ものを壊したり、嫌になっちゃう」

カイのまえでは仲のよさそうなふたりだったが、けんかが多いのは気づいていた。

「夫婦って、そういうものなんじゃないのかな。うちもお母さんがいなくなるまでは、そんな感じだった」

カイにもミノリにも結婚に対するあこがれはなかった。あんなにけんかをするのに、どうしていっしょに暮らそうと決めたのだろうか。それも長い一生のあいだずっとだ。大人は愚かだ。

「わたしは早く寝ちゃったんだ。お父さんとお母さんがけんかしてる夜は、うちのなかの空気が悪いでしょ。それで誰かが泣いてる声で目が覚めた。壁の時計はもうすぐ夜の十二時だった」

真夜中だ。カイがそんな時間に起きているのは、一年で大晦日《おおみそか》だけである。夜遅く起きていると、それだけでわくわくしてくる。カイの目が光った。

「真夜中の泣き声って、怖いね」

ミノリが自分の身体を両手で抱いた。ちょっと震えているのは、その夜の寒さを思いだしているのかもしれない。

「またけんかしてると思った。お母さんが泣いてる。心配になって、わたしはベッドをでて、廊下にいってみたの」

ミノリの家の造りはカイの家と同じだった。二階の子ども部屋から、廊下をはさんで夫婦の寝室はある。

「ミノリは勇気があるな。ぼくなら怖くて、無理やりもう一度寝ちゃうと思う」

「廊下にいくと、いつも閉まってる寝室のドアがうっすら開いていた。部屋のなかはスタンドの豆電球ひとつの暗さ。開いたドアの隙間から、細くてかすれた線が廊下に伸びている」

もし自分がその場面を絵にするなら、きっと真っ暗な画面に灰色でハイライトをいれるだろう。カイは父の絵に興味をなくし、ミノリの話に集中した。ミノリは言葉の足りないカイと違って話し上手だった。カイが絵を描いているとなりで、いつも本やマンガを読んでいるせいかもしれない。

「お母さんの泣き声はずっと続いている。でも、ドアの陰でしゃがんできいてると、けんかのときの声とは違ってた。泣いてるんだけど、ちょっと甘えた感じなんだ。どこかうれしいというか」

カイにはよくわからなかった。甘えて、泣く。うれしくて、泣く。大人の女の人にはそんなことがあるのだろうか。カイは悔しくて泣くことが多い。ミノリの頬は真っ赤で、プール上がりに目薬でもさしたように目がきらきらと輝いていた。やっぱりミノリはきれいだとカイは心のなかでこっそり思った。

「でね、わたし見つからないようにドアの隙間に顔をだしたんだ。お父さんが上でお母さんが下で重なっていた。いっしょに船を漕《こ》ぐみたいに身体を揺すって。それでわかったんだ。授業で習った射精とか、生理の穴の話の意味がさ」

下腹部がおかしかった。腰が熱をもって、頭がぼんやりする。カイはそのとき気づいた。ペニスが硬くなっている。お風呂で洗うときに自動的に硬直するのとは違う感覚だった。ミノリの両親の行為のせいか、興奮しているミノリの表情のせいかは、わからなかった。

「大人はあんなふうに重なって、身体を揺らして、遺伝子をあげるんだよ」

スポイトはつかわなくていいのだ。確かにペニスは管のような形をしている。カイはおかしなところに納得した。

「けんかを見たときみたいな、嫌な感じはしなかったの?」

「ぜんぜんしなかった」

自分が父と母の行為を盗み見たら、どう感じただろう。あのふたりはそんなことはしていなかったのではないか。母が家をでるまえ、ふたりは別々な部屋で寝ていた。ミノリが笑っていった。

「怖がったり、トラウマになっちゃったりする子もいるかもね。でも、わたしは平気だった。でね……」

真っ赤だった頬がさらに一段と朱《あけ》に染まった。ミノリは耳まで充血させている。

「ここから先は、いえないよ。誰にも秘密にしてくれるって約束してくれなくちゃ、ダメ。わたし、カイ以外の人にこんなこと知られたら生きていけないよ」

幼馴染《おさななじ》みがなにをいいたいのか、カイにはわからなかった。小学校中学年で交わしたふたりの約束をもちだしてみる。

「ぼくたちはずっといっしょだよね。大人みたいにつきあったりとかしないけど。だったら、なんでも話せるだろ」

自分の耳をつまんで、ミノリが考える顔になった。しばらくしていう。

「じゃあ、新しい約束してよ」

幼稚園の年長になる直前に出会ってから、もう七年ほどになる。ミノリのことなら、カイはなんでもしっている気がした。けれど、今目のまえにいるミノリは見たことのない顔をしていた。子どもでも大人でもない。目の光はかつてないほど強い。カイは気《け》おされてうなずいた。

「わかった。約束する。でも、どんな約束なの？」

ミノリが人さし指を指揮棒のように振っていった。

「わたしたちの秘密は、誰にもいわない。クラスの子だけでなく、親や学校の先生にも絶対。わかった？」

カイはうなずいた。そんなことなら簡単だ。カイはミノリ以外には口数のすくない子どもだった。

「わかった。まだ、あるの？」

「うん。おたがいに秘密はつくらない。なにが起きても、相手に必ず報告する。誰かを好きになったり、つきあったりするようなら、絶対」

カイはとにかくミノリの話の続きをききたかった。勢いよくうなずく。そのときカイとミノリは、その約束がふたりの一生を縛り、奇妙な幸福と不幸を招き寄せる原因になるとは想像もしていなかった。秘密をつくらないというのは、山を動かし海を埋めるほどたいへんなことだ。

「わかった。約束する」

「どんなに恥ずかしいことでも、わたしにいえる？」

ミノリにもいえないほど恥ずかしいことなどあるだろうか。カイがうなずくと、ミノリが安心して口を開いた。幼馴染みの前歯は白く粒がそろって、とてもちいさい。そのあいだに暗くピンクの舌先が動いている。

「わたしはお母さんとお父さんがしていたことを見ちゃった。あれがみんなが噂してるセックスなんだと思う。赤ちゃんをつくるために、人って何万年も、ああいう変なことしてたんだ。わたしもあんなことして生まれたんだ。どれくらい見ていたかわからないけど、ベッドに戻ったときには、身体がすっかり冷たくなっていた」

ミノリが恥ずかしげにうつむいた。

「でも、身体のまんなかが熱くて眠れなかったんだよ。毛布を足のあいだにはさんで、ずっと寝返りを打ってた。気がついたら、お父さんとお母さんがしていたみたいに、腰がゆらゆら揺れていたんだ。ねえ、カイ、さっきの約束、絶対守ってね」

なぜかはわからないけれど、カイのちいさなペニスも痛いほど硬直していた。座りにくいので、組んでいた足をほどきたかったが、そんなことをすればミノリに気づかれてしまいそうだ。興奮でかすれた声で、カイは返事をした。

「ぼくは約束は守る」

小学校六年生の少女は眉の両端をさげ、切なげな視線を送ってきた。透明なワイヤーのようだった。ミノリから伸びた視線にがんじがらめに縛られ、身動きがとれない。しかも電気まで流れているようだ。カイは全身を硬くして、ミノリのつぎの言葉を待った。

「なんだかおかしいな、冷たいな、と思って、パンツに手をいれて確かめてみたんだ。びっくりしたよ。わたし、濡れてた。そんなの初めてだった」

ミノリの反応を見ると、それはひどく恥ずかしいことのようだった。カイには意味がわからなかった。なぜ女性にそんな生理的な反応が起き、それにどういう働きがあるのか。十二歳の少年には理解できない。とりあえず同意しておく。

「そうだったんだ……すごいね」

ミノリが顔をあげて叫ぶようにいう。

「わたしって変な女の子なのかな。心配になるよ。あの夜のことを思いだすと、今もおかしな気もちになる。ねえ、カイ、男の子は違うの」

ミノリがほかのクラスの女子と比べて、変でないのは確信があった。普通の男子がどう感じるのかは、よくわからない。ただミノリに尊敬すべき勇気があるのは確かだった。正直に、誠実に、秘密をつくらずに、すべてを話す。それは大仕事だ。

「ぼくにはよくわからないけど、ミノリは変じゃないと思う。ミノリは濡れたんだよね。ぼくは……」

ペニスの変化を幼馴染みのまえで口にするのは恐ろしかった。あらためてミノリの強さを尊敬する。

「いいよ、わたしも話したんだから、カイもいってよ」

少女の視線に流れる電気が強くなった。カイは抵抗した。ミノリは黒目を光らせて、黙って見つめてくる。カイの心の壁が崩壊した。

「わかった。いうよ。でも、ぼくのほうも誰にもいわないで、絶対だよ」

自分もさっきはこんな顔をしていたのかもしれない。ミノリが期待にあふれる目で見つめてくる。

「さっきから、ミノリの話をきいただけで、ぼくのはずっと硬くなってる。痛いくらいだよ」

「へえ、そうなんだ。どきどきしてるのは、わたしだけかと思ってた。カイも意外とやらしいんだね」

カイは咳払《せきばら》いしていった。

「やらしいとかいうな。自然なことだろ」

ミノリはなにか新たな定理でも発見したようにいった。

「女の人は濡れて、男の人は硬くなるんだ。おもしろいなあ」

カイは悔しくなって質問した。

「ミノリは今も、その……濡れてるの？」

ミノリはもう恥ずかしがらなかった。かすかにふくらんだ胸を張っていう。

「たぶん濡れてるよ。それが、どうしたの」

カイはペニスを硬くしたまま、声をあげて笑った。

「わかった。ぼくたちのあいだに秘密はない。恥ずかしいこともない。全部、正直に話す。それでいいんだよね」

ミノリはうなずくとテーブルを越えて手をさしだしてきた。

「うん、生きてる限り、ずっとだよ」

カイは女の子の手をにぎった。ミノリのてのひらはあたたかな汗ですこし湿っていた。

その夜、カイはなかなか寝つけなかった。自分で目撃したかのように、ミノリの両親が重なって暗い寝室で揺れている姿が目に浮かぶ。ミノリの目の光も忘れられなかった。気がつくと足のあいだにタオルケットをはさんでいた。

青唐辛子のようなペニスが子ども用のショーツのなかで立ちあがっている。指先でふれてみると、先端が濡れていた。最初はおしっこだと思った。けれど、あんなふうにさらさらとしていない。男も濡れるのだと、カイは初めて知った。どんな目的のためにその液体が出てくるのかわからずに、身体の働きの不思議に打たれる。

(明日、ぼくも濡れたって、ミノリに報告しなくちゃ)

目を閉じて、羽毛布団にくるまり、カイは考えた。

自分の心はわからない。自分の身体もわからない。

目を開けば一本の木を見ることはできるけれど、手をつかってそのイメージを白い紙のうえに再現することは、とてつもなく困難だ。生きているということは、なにひとつわからず、自由にならないことだ。心も身体もすこしも自由にならない。

カイは意味なく硬直した性器をもてあましながら、いつの間にか眠りに就いた。明けがたにやわらかな肉に埋もれる気もちのいい夢を見たけれど、夢精はしなかった。カイはまだ射精は経験していない。快楽を隠すようになって、思春期はようやく始まる。

カイの心はまだ裏も表もなく、内と外を分離する境界もなかった。快楽よりも先にミノリとの約束が生まれた。なにも隠さないという約束が、カイのなかに初めての影を生むことになった。

水曜はいつもより早く小学校が終わる日だった。

カイは秘密をもっていた。父には内緒で、家をでた母と会っていたのだ。いったん家に帰りランドセルをおいて、港の近くにある繁華街にいく。母との待ちあわせは海辺の公園にあるベンチだった。右手に船着き場が延びて、海外からきた貨物船が横づけされている。天気のいい日には自転車の荷台にクーラーボックスを載せたアイスクリーム売りがやってくる。頭上のカモメは羽ばたくことなく海風に身をまかせ空を滑っていた。

「カイ、待った？」

家にいたときよりもずっとやさしい声がきこえる。カイは読んでいた学習マンガから顔をあげた。声をかけられるまで知らん顔をしているのは、恥ずかしいからだった。母に会いたくてたまらないように思われるのが嫌だった。

「ぜんぜん。今日は給食がおいしくなかったから、お腹空いちゃ……」

母のうしろに見たことのない男が立っていた。父よりも身体がおおきく、立派なスーツを着ている。この人、誰だろう。

「ああ、こちらはお母さんのお友達。カイのことを話したら、顔を見てみたいって。急だったけど、連れてきちゃった」

母はすこしも悪びれずにそういった。カイの胸から空気が抜けていった。身体の形が保てなくなりそうで、カイはベンチで足を踏ん張った。

「そうなんだ」

男の名前は斉藤《さいとう》さんといった。母はいつもふたりでいくシーサイドホテルのカフェにむかっていく。斉藤さんがとなりだった。カイは母を中心にして、男の反対側を歩いた。あいだにはさまれるのは避けたかった。母はこの斉藤さんと、ミノリが目撃したように重なって揺れるのだろうか。うつむいた頭のなかにあるのは、ミノリがいった「セックス」という重い言葉だった。

カフェでは好きなものをいくらでも注文していいと、斉藤さんがいった。カイは名物のパンケーキとサイダーを頼んだ。ホイップバターとメープルシロップがたっぷりと塗られたパンケーキはおいしいはずだった。ひと口たべて、カイはフォークをおいた。

「どうしたんだ、カイくん」

斉藤さんの声は父より低く、よく響いた。父よりもいいスーツを着ていて、いい声をしている。それに年もたぶん上だ。それが憎らしくて、悲しくてたまらなかった。

「あんまりお腹が空いてないです。残しちゃって、すみません」

カイは頭をさげた。斉藤さんは口元を引き締めて、うなずいた。

「きみは礼儀正しいんだな。ちいさいころの躾《しつけ》がよかったんだろう。そうだ」

ジャケットの内ポケットから財布をとりだすと、斉藤さんは紙幣を一枚抜いた。折り目がまったくない薄い板のような一万円札だった。

「市役所の給料では、なにかとカイくんも不自由するだろう。これはこづかいだ。とっておきなさい」

母がいった。

「いいのよ。お礼をいって、もらっておきなさい」

カイはまた頭をさげた。テーブルの一万円札を手にすると、角を正確にあわせて半分に折り、さらに四分の一に重ねて、ジーンズのポケットにいれた。いつもなら暗くなるまでカフェにいて、何杯も飲みものをお代わりするのだが、その日斉藤さんとの会話はまったく盛りあがらなかった。日が暮れるだいぶまえに、カイはいった。

「今日は宿題がたくさんあるので、もう帰ります」

斉藤さんは目を細めた。

「そうか、きみは見どころがある。なにか困ったことがあったら、おじさんに相談しなさい」

母が続けていった。

「斉藤さんは力があるの。この街だけじゃなく、東京でもすごいのよ」

大人の男がすごいというのは、なにがすごいのだろう。斉藤さんからにじみだすすごさが粘りつくようで、カイは一刻も早くその場を離れたかった。母はカイを見ずに男のほうばかり見ている。

「さよなら」

来週の水曜日は卒業式の準備があると嘘をいって、母と会うのはなしにしよう。そう思いながら、カイは席を離れた。

「カイくん、またな」

男の声が追いかけてくる。母はなにもいわなかった。

帰り道、カイはコンビニエンスストアの外におかれたゴミ箱に、一万円札をくしゃくしゃに丸めて捨てた。捨てるときはちゃんと燃えるゴミのほうを選んだ。父がおいていくのはいつも千円札だったが、そのときはもったいないとはすこしも思わなかった。

カイは家に帰ると、クロッキー帳をもって裏庭に出た。

6Bのデッサン用鉛筆をたたきつけるように、ケヤキの太く絡みあった根を描いていく。そのときは空を見あげて、細くしなる枝先や涼しげな音を立てる梢《こずえ》を描く気にはなれなかった。カイが黒い根を描きなぐっていると、ミノリのつま先が見えた。

「荒れてるね、なにかあったの？」

ミノリには言葉は必要なかった。カイの絵を見るだけで、そのときの心の天気がわかってしまう。

「今日、お母さんに会った。男の人といっしょだった」

カイは午後のカフェで起きたことを話した。ミノリは黙っていたが、ケヤキの木がうなずくように葉擦れの音であいだを埋めてくれる。

「そうだったんだ。一万円はもったいないけど、気もちはわかるよ。そんなおじさんにもらったお金なんて、もっていたくないもんね」

あのときは確かにそう思っていた。けれど、それだけあればドイツ製の七十二色の水彩色鉛筆が買えたのだ。ちょっともったいない気も、今となってはしてくる。

「じゃあ、わたしのほうも、今日の報告するね」

ミノリの息が弾んでいた。いいことでもあったのだろうか。

「高瀬くんに告白された」

身体のなかを冷たい風が吹いたようだった。高瀬弘明は成績優秀な学級委員の常連だった。スポーツもできる。絵はいつの間にかカイが追い抜いてしまった。カイの絵は小学校六年になると美術教師さえ一目おくようになっている。ヒロアキの絵は上手だが、ただそれだけだ。

「ふーん、よかったね」

不満と悔しさが混ざって、皮肉な口調になってしまう。ミノリが口をとがらせていった。

「わたしが誰よりもカイのことが好きなのは、よくわかってるでしょう。でも、わたしたちはつきあうことはできないんだから、別にいいじゃない。約束したでしょう。好きだけどつきあわない。恋人同士になったら、きっと不幸になるもん。でもカイとわたしは、おたがい一生特別なんだよ。高瀬くんはいいやつだって、カイもいってたよね」

女子が初めてつきあう相手としては、ヒロアキは文句なしだった。その完全さがカイにはやけにむかついた。

「わかってる」

ケヤキの根の瘤《こぶ》を黒々と塗りこんだ。デッサン用鉛筆の黒鉛がぬらぬらと光っている。自分の醜い心のようだ。

「卒業するまえに、はっきりさせておきたいんだって。ほら、高瀬くんは私立の中高一貫校にいくでしょう」

自分とミノリは風の丘一中だった。すくなくともいっしょにいる時間は、こちらのほうがずっと長い。ミノリがカイのうしろに腰をおろした。カイが敷いた緑のレジャーシートのうえだった。カイの背中に背中でもたれてくる。本のないブックエンドのようだ。

「わたし、足に毛布をはさむの癖になっちゃった」

いきなりなにをいいだすのだろう。ヒロアキとつきあい、足に毛布をはさむ。ミノリはひとりでどんどん先をいき、大人になっていく。

「それでさ、足に力をいれてぎゅっぎゅって閉じてると、だんだん気もちよくなった。昨日の夜、ずっとやってたら頭が真っ白になって、身体がふわって浮いたんだよ。あれはなんなのかなあ」

カイは憎らしい根っこを描いていた。この先は地の底につながっているのだ。虫や細菌や腐った葉っぱの王国だ。

「ぜんぜんわかんない」

「カイがいてよかった。あんなことして気もちよくなるなんて、誰にもいえないよ。きっと癖になっちゃうだろうな。今夜もしちゃうと思う」

背中に伝わる体温がむずむずした。ミノリのほうが熱は高いようだ。カイの背中はそこだけはっきりと熱くなっている。

「そんなにいいの？」

「うん、あれはやめられないね。男の子にもあるんでしょ。ねえ、カイもしてみたら」

ミノリがいっているのは、クラスの男子のあいだで話題になっている方法だった。木の幹のように硬くなったペニスを手でこするのだ。原始人が種火を熾《おこ》すときのように速くてもいいと、誰かがいっていた。煙がでるくらい。手をとめて、カイは質問した。

「そのときはなにを考えるの？」

「好きな人のこと」

海風が丘を吹きあがって、ケヤキの大木の全身を揺らした。カイはそっと背中越しにきいてみる。

「ミノリは誰のこと、考えたの。ヒロアキ？」

返事はしばらくなかった。海の面を叩《たた》いた汽笛が遠く響いてくる。ミノリは恥ずかしそうにいった。

「違うよ。カイのこと。カイとわたしは一生特別だよ」

それだけで飛びあがって、なにかを叫びたいくらいうれしかった。カイは黒い根におおきくバツ印を描いて、デッサンを中止した。

その夜、カイは子ども部屋でひとりになると、その方法を試してみた。

ミノリの背中の体温と電気が流れたその視線を思い浮かべる。すんなりと伸びた足と慎《つつ》ましくふくらんだ胸。青果のようなペニスをにぎるカイの手はしだいに速さを増していく。なにかが近くまで迫ってくる気がした。この壁のむこう側に輝く液体をたたえた光の海がある。それ以上は速くできないほど手を動かし、カイはミノリの声を必死に思いだした。そういうことをするときは、好きな人のことを考えるものだと幼馴染みはいっていた。ミノリの声が頭のなかで尾を引いている。

（カイとわたしは一生特別だよ）

カイはちいさく声をあげて射精した。夜のなか、雲のような滴が飛んでいく。生まれて初めての精通だった。濡れた手をかぐと、なぜかシーサイドホテルのカフェに吹く海風の匂いがした。新しい命をつくる作業には、こんなふうに気持ちのいい罠《わな》が仕こまれているのだ。

明日の放課後、ミノリに報告しよう。女子も同じくらい気もちがいいのか、同じような匂いがするのか確かめるのだ。カイは深く満足して、眠りに落ちた。

4

中学生になったカイは、一本の木ではなく、一枚の葉を描くようになった。

美術雑誌で枯れ木のように年をとった日本画家がいっていたのだ。一枚の葉をきちんと描ければ、世界を手にいれられる。確かにその老人のいうとおりかもしれない。カイが幼いころから描いていたケヤキは、一枚一枚の葉の集まりだった。その葉を徹底的につかめれば、木の命のすべてを手にできるかもしれない。きっと人を描くのも同じことだろう。ひとりの人をきちんとつかめるなら、地球上にいる人間全部を描けるのだ。

カイは太い幹の周囲を歩きながら、スケッチのために一枚の葉を探すようになった。命全体を描くためだ。どれでもいいという訳にはいかなかった。季節ごとに理想とする一枚の葉を求めて、数百枚の葉をとっては捨てていく。絵を描きたいのか、植物の研究をしているのか、自分でもわからなくなるほどだ。

　風の丘一中の制服は、男子は紺のブレザーで、女子は紺のスカーフのセーラー服だった。小柄で整列すると前から三分の一ほどのカイは、目立たない生徒だった。風変わりな男子で、美術部でもないのに、いつもスケッチブックと鉛筆、それに水彩の色鉛筆をもっている。しかも描くのは、草と木だけだった。口数もすくなく、ひとつのテーマにひどく執着するので、担任の教師は発達障害を疑うほどだった。

　対して、ミノリは夏の木のように伸びやかに育っていた。カイよりもこぶしひとつ分だけ背が高く、頭はちいさく、足は見た目にも長かった。制服には着る者を周囲と同じに見せる作用と、飛び抜けて目立たせる逆作用がある。紺と白の飾り気のない制服は、特注の衣装のようにミノリを輝かせた。真夏の炎天下でさえ、少女は涼しい風をまとっている。ミノリの透明感あふれる冷たさは、近隣の中学校でも有名だった。

　予習復習を欠かさないミノリは成績もクラス上位で、ほかの生徒や教師から一目おかれている。クラスの不思議は、いくらとなり同士の幼馴染みとはいえ、ミノリと冴《さ》えないカイがなぜいつもいっしょにいるかだった。ふたりはつきあっていないようだ。ミノリにはちゃんと高瀬弘明というボーイフレンドがいる。街の中心部にある私立の中高一貫校は、この数年で難関大学の合格者数の記録を伸ばし、生徒を急増させていた。ヒロアキはそこの特待生である。部活はバスケット部で、背はミノリよりさらに十センチほど高いらしい。

カイとミノリのコンビは、中学校ではいろいろと噂されることがあったが、それでもカイは気にしなかった。ミノリがどういう人間で、どんな秘密をもった女の子か、誰よりもよく知っていたからである。

すべての欲望とすべての秘密を打ち明けあう。

幼いころに交わした約束は、ミノリのセーラー服の胸がふくらんできても厳密に守られていた。一枚の葉を描ければ、世界が手にはいる。それなら、ミノリを深く理解することで、すべての女性の秘密がわかるのかもしれない。

カイは絵の描きかたを学ぶように、ゆっくりと女性の謎に近づいていた。

机の上には一枚の葉があった。

五月の若葉で、緑の色は大人と子どもの中間だった。四月は新緑でまだ黄色味が強い。六月には夏を控えて、黒っぽい深緑に染まっていく。五月の葉はカイの好きな純粋な緑だった。数日をかけて選んだもので、形も丸すぎず、尖《とが》りすぎてもいない完璧なケヤキの葉をイメージさせる。葉の縁の細かな波形もひとつも欠けていなかった。みずみずしい命が一枚の若葉そのものに化身したかのようだ。

カイがデッサンを開始しようと、鉛筆をとったときだった。開いたドアをノックする音に続いて、ミノリの声がきこえた。

「ちょっといいかな?」

カイは振り返らなかった。ミノリの足音が近づいて、ベッドの前でとまる。どさりと尻が落ちる音がした。

「お母さんが、晩ごはんなにがいいかきいてきなさいって。どうせ、カイはいつもみたいに、なんでもいいっていうだろうけど」

父の仕事がある平日は、カイはミノリの家で夕食を済ませることが多かった。ミノリの父も仕事で遅いので、三人だけの晩ごはんである。

「じゃあ、オムライスがいい」

カイはゆっくりと一本の線を引いた。ケヤキの葉の中央を通る背骨のような筋だ。自分でもよく描けたと思う。なぜ一本の線に、これほどの出来不出来があるのだろうか。おかしいのは、中学校の美術教師には、その違いがまるでわからないことだった。

「カイはあまのじゃくだね」

夕飯のリクエストを伝えても、ミノリはなかなか帰ろうとしなかった。

「数学の黒田《くろだ》、わかるよね。あいつがこのまえの補習の時間に、確率の問題を教えてやるっていって、すごく顔を寄せてきたんだよね。息がかかって、髪のにおいがわかるくらい、ひどく近く」

　きれいな女の子というのは、得をする分と同じだけ嫌な経験をしている。ミノリの話から、カイはその事実を学んでいた。

「たいへんだね」

　カイの右手はとまらなかった。そういえば、いつもミノリの話をきくときには、なにか絵を描いている気がする。ミノリの秘密には強烈な吸引力があって、それから自分を守っているのかもしれない。白い紙と鉛筆は、この世界のすべての煩わしさからカイを防御する力があった。

「体育の大谷《おおたに》もそうだよ。ハードルを跳ぶときは、腰をバタつかせないで安定させるんだって。脚は思い切り開くけど、腰はどっしりしてないといけないって、手を添えようとしたんだよ」

　ミノリは春色のミニスカートに、ハイソックスをはいていた。伸びやかな手と足が自分の魅力のひとつだと、ミノリは気づいている。カイはスカートのウエストベルトに当てられた少女の指先から視線をはがさなければならなかった。

「なにかいいたいことがあるんでしょ。ぼくは絵を描きたいから、先に話してくれないかな」

若葉の命は短かった。デッサンをしている小一時間で、緑の鮮やかさは失われ、葉の表は輝きを失っていく。

「わかる？」

「わかるよ。ミノリはなにかお願いがあるときは、どうでもいい話をだらだらするから」

カイは窓辺の学習机のうえに鉛筆をおいた。窓のむこうにはあのケヤキが立っている。ただそこに立っているだけで、あんなふうに世界全体を支えるような存在感を放つのはなぜだろう。カイはあの木をきちんと描くことができたら、絵を止《や》めてもいいとさえ思っている。振りむいていった。

「今回はなんなの？」

ミノリが頬を上気させていた。目は目薬をさしたばかりのように光っている。

「予習させてもらいたいんだよね」

「なにを？」

「男の人のもの。どうすれば気もちよくなるのか、カイので教えて」

カイは黙りこんでしまった。幼稚園のころは何度もいっしょに風呂に入ったこともある。プール前の着替えもなにも隠さなかった。だが、もう中学生なのだ。カイのペニスの周囲には若草のような体毛が生えそろい始めていた。

「あのさ、ヒロアキがいうんだ。ぼくたちももう中二だ。来年は受験でたいへんだし、今のうちにいろいろと済ませておいたほうが、あとになってから得だって」

それはセックスのことなのだろうか。カイが学習机についている椅子のうえで、居心地が悪くなって身体を動かすと、キーッと金属のこすれる音が鳴った。

「あれに得とか、損とかあるのかな」

ミノリはベッドで肩だけすくめた。

「わたしもそう思うけどね。ヒロアキ、来年はあの高校を蹴って、東大に百人もいくような東京の私立を受けるんだって。そのまえにもやもやを全部なくしたい。今のうちにしないかって、いわれてるんだよね」

おかしな理由だった。得だから中二でさっさとセックスを済ませる。来年は受験で、自分たちは受験生になる。カイの頭にはいい絵を描くこと以外なかった。進学校への受験も、全国模試も偏差値も関係ない。

だが、ヒロアキとつきあっているのはミノリだ。カイはミノリがなにをしても相手を責めないし、倫理を説こうとは思わなかった。カイとミノリの秘密は、正しさや倫理などよりずっとおおきくて、生きいきしたものだ。

「ミノリはどうしたいの？」

両手をベッドのうしろについて、ミノリが天井を見あげた。

「うーん、わたしは微妙だな。ヒロアキはカッコいいし、男子としてはなかなかだし、悪くないとは思うんだよね。でも、初めての相手には、ちょっと困るというか。そこまで好きじゃないというか」

ミノリと自分のあいだにはすでに特殊な関係が結ばれていて、普通の男子と女子のような交際はあり得ない。そうわかっていても、ミノリのボーイフレンド評はカイを安心させた。そうか、ヒロアキではちょっと困るのか。

「それでね、最後までしないけど、手でしてあげようかなって思って。ひょっとしたら口でもするかもしれないけど」

あっさりとミノリはいう。カイの前でミノリにはためらいがなかった。ミノリがこんなふうに自分をさらけだすのは、ふたりのときだけだ。カイのなかでねじれた喜びが弾《はじ》ける。

「でも、わたし男の人のって、ちゃんと見たことないんだ。とくに立ってるときは。だからね、カイ、お願い」

ミノリは両手をあわせて、薄目で見つめてくる。

「ねっ、お願い。一生の頼みだから」

「わかった」

そう口にしたとたんに、カイはひどく後悔した。幼馴染みの前でジーンズとショーツを下げる。性器を見せるだけでなく、さらにペニスを立てるのだ。気が遠くなるような難事業だった。

カイとミノリは位置を交換した。

カイがベッドに腰かけ、ミノリが床に体育座りする。

「早く、早く」

ミノリはそうせかしたが、カイはのろのろとボタンフライのジーンズのボタンをはずした。ペニスはショーツのなかで縮みあがっている。緊張で吐き気がしそうだ。

「わかってるよ」

カイはショーツをひざまで下ろした。いつもなら必要のないときでも勝手に硬直するのに、まるで前兆はなかった。冷たい水にでも浸したように先端まで冷え切っている。

「カイもちゃんと生えたんだね」

よかったとひと息ついた。林間学校にいくまでになにも生えてこなければ嫌だなと思っていた。クラスの男子はほとんど茫々《ぼうぼう》としていた。指先でつかんで、左右に振ってみる。自分のものではないようだ。

「そんな形なんだ。幼稚園のころとは違う」

ミノリが身体を乗りだしていた。窓には夕日と、夕日を映す海が一段青く見えた。

「ちょっと近い」

ごめんといって、目の輝きはそのままにミノリが身体を引いた。焦って何度もこすってみる。反応はゼロだ。ペニスは死んでいるみたいだ。カイはだんだんと腹が立ってきた。ヒロアキのための予習に、なぜこんなに苦労をしなければならないのだろうか。空《むな》しくて、恥ずかしくて、まったく意味がなかった。

「ミノリはずるいよ。ぼくだけ全部見せて、そっちはなにもしてないじゃないか」

真剣な目で見あげてきた。

「わたしはなにをすればいいの？」

声がかすれていた。気がつけば、カイの口のなかも砂を嚙《か》んだようにざらついている。

「ミノリも見せてよ」

ミノリには迷いがなかった。あっさりうなずく。

「いいよ。上下、どっち？」

市役所で働く父は夜まで帰らないだろう。ミノリの家の夕食まで、まだだいぶ時間がある。カイは迷った。どちらがいいか。ヒロアキ流にいえば、どちらが得か。だが、ミノリの性器を見るのは、気がすすまなかった。なぜか見ないでおいたほうがいいという気がする。ミノリはすぐにショーツを脱いでくれるだろうが、そちらは正解ではない。

「じゃあ、胸」

「わかった」

一瞬の間もおかずに、ミノリは長袖Tシャツを脱いだ。カップの入っていない薄手のブラジャーをつけている。色は白だ。鉛筆ではなく、筆で描いたような淡い乳首がのぞいていた。

「これでいいかな。あっ、動いた」

カイも驚いていた。先ほどまで無感覚だったペニスに、洪水のような勢いで熱い血液が流れこんでいる。カイの声もかすれてしまった。

「それもとってくれないかな」

ミノリは黙って、ブラジャーを脱いだ。ホック式ではないようで、セーターでも脱ぐように頭から抜く。カイは感動していた。ミノリの乳房は、何日もかけてカイが探しだした完璧な若葉のような命の曲線をもっていた。この線の丸み、やわらかさ、温かさ。こういう線を一本引くためには、これから何十年も線を引き続けなければならないだろう。

「すごく硬くなってるね」

ペニスは完全に充実していた。先端のちいさな唇が挑むようにカイをにらんでいる。その唇にはうっすらと透明な滴がたまっていた。カイはミノリにいわれるまえに手を動かしていた。

「どこが気もちいいの？」

カイは薄暗くなった部屋で、ペニスをこすり続けていた。こんなことにはまったく意味がない。意味などないけれど、止めることもできない。もしかしたら生きているのと、ペニスをこするのは同じことなのかもしれない。ただ終わりまでいくことを期待されているから、なんとなく死ぬまで生きるのだ。

「この先の丸いところがいい。あと、この裏側の筋が集まっているところ」

ミノリはじっとカイのペニスの裏側を観察している。今の自分からは性器の表側しか見えない。ミノリにはどんなふうに見えているのだろうか。不細工なペニスでないといいけれど。

「すごいね、なにかでてきてる。男の子も濡れるんだね」

「ミノリも濡れてるの？」

確かめることなくミノリはいった。

「うん、たぶん」

カイの手が一段と速くなった。これ以上の速さでは、摩擦熱でペニスから発火するかもしれない。

「ミノリ、もうちょっと胸を張って、ちゃんと見せてくれない？」

上半身裸で正座して、ミノリは胸を突きだした。慎ましげに盛りあがった乳房の曲線はいくら見ても飽きることがなかった。こんな曲線を身体にいくつも隠しもって生きるのだ。女の子の一生が男よりも遥かにたいへんなのには、きちんと理由がある。

「いきそうだ、ミノリ。見てる？」

「うん、見てるよ。カイ、思い切りいって」

言葉が終わらないうちに、カイの頂点がやってきた。その瞬間はペニスの先端がまぶしくて、いつだってつい目を閉じてしまう。目を開けると、夕日のさしこむ部屋に白く光る放物線の名残が見えた。最初はおおきく、それからだんだんとちいさく、澪《みお》の軌跡が弱まっていく。しまいにはカイの手を流れ落ちるだけになった。ミノリが感心していた。

「すごい。男の子って、こんなふうにいくんだ。びっくりしたな。急にピクッてして、飛びだしてくるんだもん」

急に恥ずかしさがもどってきた。ぶっきらぼうにいった。

「そうだよ。ちょっとティッシュとって」

ミノリが先に一枚抜いてから、ボックスを渡してくれた。

「最初のやつが、わたしのひざまで飛んだ。すごい飛距離だね」

カイは急いで精液を拭きとり、ショーツをあげた。若葉や樹液のような匂いが気になって、立ちあがって木枠の窓を開いた。海風と混ざって精液の匂いはわからなくなった。

ミノリがブラジャーをつけようとしていた。夕日が斜めに当たるミノリのトルソは、美術室にあるどんな石膏《せっこう》模型よりも美しかった。息をのんで、カイはいった。

「ほんのすこしでいいから、そのままでいてくれないか」

目のなかに命の美しさをすべて吸いこんでしまおうと、カイは必死にミノリの身体を見ていた。この身体はきっと仮の姿なのだろう。幼稚園と小学生の身体は、それぞれ違う。来月、来年のミノリの身体は、木の葉が一年を通じて変わり続けるように、変化を止めないだろう。今ある形のミノリの身体は、二度と戻ることはないのだ。そう気づくと、すこしだけ悲しくなった。

しばらく動かないでいたミノリがいった。

「もう着てもいいかな、鳥肌立ってきたよ」

乳房のあいだの平原のような肌が砂を撒《ま》いたようにざらついている。その砂は淡い乳首のまわりでとくに目立っていた。あれほど滑らかそうなところにも産毛が生えているのだ。カイは奇妙なことに感心した。

「いいよ。ありがとう」

ブラジャーに薄い乳房を収めながら、ミノリがいった。

「こっちこそ、ありがと。なんかものすごくいいもの見ちゃった感じがするよ。どうして相手がいくのって、こんなに感動するのかな」

その理由はカイにはわからなかった。乳房が白いブラジャーに隠されていくのを、焚火《たきび》が消える瞬間のように淋しい気分で見つめるだけだ。

オムライスの夕ごはんを、ミノリとミノリの母親とたべたその夜、カイはひとりになって、クロッキー帳にむかった。なんとかして記憶に刻んだミノリの乳房を、自分の手で残しておきたかった。カイは真夜中まで命の曲線を再現しようと休まず手を動かしたが、結局あきらめてしまった。

一枚の若葉よりも、女性の曲線は遥かにむずかしかった。

いつか自分にあの線を描ける日がくるのだろうか。

カイは夕方の出来事を思いだしながら、ベッドに横たわった。もうペニスは硬直しなかった。どんな宗教も神さまも信じないカイだが、ミノリの身体にあふれていた命の不思議な力を尊敬しない訳にはいかなかった。

カイはその夜、生まれて初めて祈ったのかもしれない。

最後まで、この人のそばにいられますように。

カイは誰にもいえないミノリとの関係に深く満足し感謝した。


数日後の帰り道だった。

風の丘をのぼる道の途中で、カイはいきなり肩を叩かれた。風のようにミノリが坂道を駆けて、カイに追いついたのだ。

「やったよ、カイ。おかげでうまくいった」

「ヒロアキのこと？」

ミノリはセーラー服で悪びれずに笑っている。誕生日がきていないから、カイもミノリもまだ十三歳だった。

「そう。カイに教わったから、ちゃんと最初からヒロアキをいかせちゃった。やっぱりすごく飛んだよ」

おかしなことに嫉妬はなかった。カイはただよかったと思うだけだ。

「口ではしたの？」

「しなかった」

カイは一瞬、そちらのレッスンもいつかするのだろうかと期待したが、馬鹿らしいと思い直した。自分とミノリは特別だ。ただやりたいのなら、ほかに相手はいくらでもいる。

「だけど、おもしろいね」

「なにがさ？」

見おろすと初夏の海がしわくちゃに午後の日を反射して、のんびり横たわっている。

視線の先を坂道のうえにもどすと、あのケヤキがハミングでもするように海風に全身を震わせていた。一本の木にも上機嫌は確かにある。

「スプーン一杯くらいのあんな液体で、男の子ってがらって変わるんだもん。魔法のジュースだよ。ヒロアキは普段は屁理屈《へりくつ》ばかりでうるさいのに、あれをだすと急に静かになった。男って単純」

男が単純なのは、カイには何年も前からわかっていた。わかっていることをあらためて指摘されると、さらに傷つくものだ。カイは悔しくなっていった。

「女だって、単純だろ。男とそんなに違うはずない。ミノリだって、ぼくがいくとき真っ赤な顔してただろ」

ミノリが黒い学生鞄《かばん》を振りまわしながらいった。

「しかたないでしょう。あれは誰だって興奮するよ。いきなりビュンって、飛びでてくるんだもん。あんな変なの見たことない」

坂道をゆっくりとのぼっていく。家に帰ったらまた別な葉っぱを描くか、それともミノリの乳房にもう一度挑戦してもいいだろう。まだうまく描けないけれど、目を閉じればそこにいつでもミノリの輝くような裸の上半身を浮かべられる。きちんと見ること、見たことを正確に絵に再現すること。ほかにはなにももっていないカイだが、そのふたつの力には自信があった。

「ねえ、カイ。またあれが見たくなったら、お願いしてもいいかな？」

ミノリは真剣な表情で立ちどまっている。きっとこれはなにか大切な願いなのだろう。

「いいよ。でも、ぼくのとヒロアキのと、ミノリはどっちも見たんだよね？」

「見たよ。よくわかんないけど、わたしはもっともっと見たいんだよ。誰のがいいとかじゃなくて、男の人がいくのが、どうしてかわからないけど、すごくいいんだ。あれがでるとき、わたしの魂もふわっと抜けていっちゃうような気がする」

カイは自分のときのことを思いだしてみた。一本の線も引かれていない巨大なノートが頭のなかに広がる。

「ぼくはほんとになにもない真っ白な感じになる。ミノリは？」

「わたしは魂とか、心とか、頭とかが全部抜けちゃって、ただ身体だけになる感じかな」

海風がカイとミノリのあいだを吹き抜けた。海にこれほど近いのに、なぜか潮の香りがしない風だ。

「ほんとに身体だけ残るんだ。心みたいに汚いものは、なにもなくなる。頭みたいに、馬鹿なのもなくなる。空っぽで気もちいいんだ」

ミノリは腰に手を当て、坂道の途中で門番のように立っていた。長い影が落ちている。ミノリの背後にはぼんやりと青い空しかなかった。抽象画のなかに閉じこめられたミノリひとりが生きいきと存在しているようだった。身体はきれいで、心は汚いか。

「だけど、カイがいてくれてよかったよ。わたしにとって、全部ほんとうで大切なことだけど、こんなことほかの誰にもいえないから」

それは自分も同じだった。この人とはつきあわないし、身体を重ねることもないけれど、一生そばにいるのだ。カイはあらためてそう決心した。

ふたりは坂道をのぼって、それぞれの家に帰った。夕食はまたいっしょだろう。それまで何枚のミノリを描けるか。何千本もの線を引きまくり、カイは自分だけが知っているミノリの命になんとか近づくつもりだった。

5

中学三年生になるとカイの周囲は騒がしくなった。突然の海風に煽《あお》られるケヤキのようだ。クラスメイトは中間や期末の試験結果に一喜一憂し、内申点の0・1ポイント差で天を仰いだ。誰もが受験の圧力に顔を暗くしている。

カイはひとり平然と、絵を描いていた。高校受験はカイを揺らさなかった。平均的な成績ではあるけれど、どこかにすすめる高校があるのは間違いない。多くの生徒がいい高校へいきたがるのは、よりよい大学へ進学したいためだろう。この不況では確かとはいえないけれど、きっとそれは大企業への就職につながっていく。結局のところ、より豊かで、より偉い大人になりたいというだけの圧力に、誰もが押し潰されそうになっている。

カイは周囲の大人を見渡してみた。特別に豊かな人も、偉い人もいなかった。普通の、豊かでも貧しくもない人ばかりだ。それで別に不幸そうだという訳でもなかった。カイの父は市役所で働いていた。とくに裕福ではなかったけれど、仕事をしながら好きな山の絵を描くことに没頭し、悪くない暮らしを送っている。丘のうえに住む家もあるし、国産の自動車だってもっている。子どもにも十分な教育は与えている。

好きなことをして慎ましく暮らしていくだけなら、金はさして必要ない。それなら受験のために特別な勉強をするなど、すべて無駄ではないか。カイは理屈で考えたことを、そのまま実行できるめずらしい性格だった。

多くの生徒にとってプールの底を潜水するに等しい中学三年生を、カイはこともなくやり過ごした。絵を描き、ミノリの話をきくだけで、季節は巡り、再び春がやってくる。カイは街にある平均的な偏差値の県立高校に合格した。そこを選んだのは美術科があったからで、独学ばかりでなく専門的に絵を学ぶのもおもしろそうだと思ったのである。

高校合格よりカイが興奮したのは、この春も風の丘から見おろす街の全景を埋め尽くすように、サクラが豪勢な花を咲かせたことだった。ケヤキを観察し続けたカイは、木を見るのが得意だった。サクラはまだ肌寒い三月の終わりに、ぷつぷつと硬いつぼみを枝先にびっしりとつける。暖かくなると木の皮の色をしたつぼみがひび割れて、すこしだけ内側をのぞかせる。ソメイヨシノの淡い花びらを煮詰めたような濃い紅色だ。三月の終わりには冬枯れの姿のまま、一枚の葉を茂らせることなく、いきなり数千数万の花を咲かせる。

カイは酔っ払ったように、サクラの木々の下を歩き回った。花見はしなかった。デッサンをしようとも思わない。ただ蕩尽《とうじん》される木の命に打たれて、足を棒のようにして歩き続けるだけだ。酔客は見なかった。カイには見たいものだけを見て、見たくないものは無視できる特殊能力がある。

不思議なのは、花が先であることだった。

緑の葉が茂り、木々が大人になるまえに、なぜか先に花が開く。サクラは一番美しい時期が最初にやってきて、それから成人するのだ。木は人とは違うのだろうか。人は子どもの頃よりもっと先に、一番美しいときがやってくる。なぜサクラは最初が一番きれいなのだろう。それでは生きていくにつれ、だんだんと美しさを減らしていくことになる。サクラはつらくないのだろうか。カイはそんなことを思いながら、市役所通りにならぶソメイヨシノを眺めていた。

ミノリはいったいどうなのだろう?

十五歳になった幼馴染みは、周囲の人間を緊張させるほどの美しさを放っていた。それは近隣の中学生だけではなかった。教師や父母のあいだでもその評価は変わらなかった。中学校の卒業式ではたくさんのカメラやムービーが、家族でもないミノリを追い続けていた。あんなふうにたくさんの人の注目を浴びるのは面倒で苦しいことだろうとカイは同情したが、ミノリは無数の視線を撥《は》ね返し平然としていた。

あれほどきれいだけれど、ミノリはまだ頂点に達してはいないのかもしれない。これから先、幼馴染みがどんな女性になるか。それはカイ自身の未来と同じくらい興味深いことだった。


「明日、東京にいってくるね」

ミノリがそういったのは、金曜の夜のことだった。ミノリの部屋は、カイの部屋と同じ形をしている。室内には飾り気がなかった。ミノリは女の子らしいパステルや鮮やかな色が好きではない。

「そう、ヒロアキといっしょ？」

カイはベッドにもたれかかり、足をフローリングの床に投げだしていた。ミノリはまだあいつとつきあっているのだ。この二年のあいだ、何度も手や口をつかって、ヒロアキをいかせていた。そのたびにミノリはきちんと報告してきた。どれくらいの時間、どれだけの速さでペニスをにぎった手を動かしたか。最初の精液はどれくらい飛んだか。

今ではカイは、自分のことのようにヒロアキの性癖を知っていた。

「違うよ。ヒロアキには女友達といくっていってある」

ミノリはショートパンツであぐらをかき、学習机の椅子に座っていた。上半身だけひねり、カイのほうに椅子を回転させようとしている。ねじれたウエストは小枝のように細かった。

「じゃあ、誰と?」

「塾の先生。芹澤《せりざわ》センセだよ」

「あー、大学生とかいう人か」

「そう、受験が終わったらつきあってくれって、いわれてたんだよね。わたしが第一志望に合格したお祝いのデートなんだ」

かたかたと木枠の窓を揺らして春風が吹いた。明日は春の低気圧が関東地方を覆うと、天気予報ではいっていた。激しい風雨になります。おでかけの際はご注意ください。なぜかミノリがじっと熱っぽい目で見おろしてくる。宣言するようにいった。

「わたしは明日、セックスしてくる」

カイは驚いて口を開き、ミノリを見あげた。

「最初の相手はヒロアキじゃなかったんだ」

「うん、彼とは高校入ったら別れるつもりだった。あれしてはいけない、これもいけないって最近、親みたいにうるさいし。カイともあまり会うなって、文句をいうんだ。ヒロアキはいい人だけど、なにか違う」

女の子が口にするいい人は残酷な言葉だった。ヒロアキのことは別に好きでも嫌いでもないが、同情してしまう。

「じゃあ、これからはその大学生とつきあうんだ」

細い肩をすくめて、ミノリは首を横に振った。梢を渡る風のような涼しい音が黒髪からきこえるようだ。

「つきあうつもりはないよ。高校には、誰ともつきあっていないまっさらな状態でいきたいんだよね」

「そう」

無関心を装ったが、カイは内心うれしかった。自分たちがつきあうことは絶対にないだろう。それでもミノリに恋人がいないほうがカイはうれしい。その気もちは幼いころから変わらなかった。

「誰ともつきあってない身体で高校にはいきたいけど、処女のままいきたくはないんだ」

目の前で爆弾が炸裂《さくれつ》したようだった。カイは固まってしまった。なんとか絞りだす。

「じゃあ、明日はやっぱり先生と……」

ミノリがうなずいた。頬がかすかに赤くなっている。ミノリにとっても、相当な決心のはずだった。だが、カイは知っていた。ミノリは自分でいいだしたことを途中で止めたことはない。

「そう、この街では嫌だから、東京にいく。そこでしてくるつもり。あの人はもう大学生だし、今まで何人か経験があるみたい。大好きという訳ではないけれど、初めての相手としてはけっこういいと思う」

春休みのあいだの十五歳は中学生だろうか、それとも高校生だろうか。風の丘一中の卒業式は終わっていたが、高校の入学式はまだだった。ひどく宙ぶらりんな気がする。ミノリはカイよりひと足早く大人になるという。それも明日だ。明日のこの時間には、東京から帰っていて、しかももう処女ではない。カイはミノリが急に遠くにいってしまう気がした。テレビや映画で観るまぶしい東京の繁華街や大人の世界へ。

「ちゃんと処女じゃなくなったら、先生とは別れる。それで高校にいったら、ほんとに好きになった人とつきあうつもり」

つねに自分より一歩も二歩も先をゆく幼馴染みを見あげ、カイは漏らした。

「……ミノリはすごいな」

伸びをするように両手を高く広げて、ミノリがいった。

「すごくなんかないよ。ちいさなころからずっとひとりでしてるけど、怖くてしかたないもん。ほら、手を貸して」

ミノリはカイの手をとると、自分の太もものうえにおいた。白い肌は熱をもって震えている。

「ねっ、こんなふうに報告したのも、怖さに負けるのが嫌だからだよ。カイにいったことを守らないと、自分が許せなくなる。いつだってわたしはカイには正直だったし、なにも隠さなかった。カイが勇気をくれるから、全部話したんだよ」

そのとき不思議なことが起こった。カイとミノリの気もちが、まっすぐにつながったのだ。相手がなにを考え、感じているか、確かにわかる。自分のこともわかってくれている。カイとミノリのあいだに壁はなかった。心がつうじあうときは、これほど簡単なのか。壁のコンセントにプラグを挿したようだった。気がつけば、電気は流れている。

「それでね、明日なんだけど……」

カイはミノリのお願いがわかっていた。幼馴染みがなにを企《たくら》んでいるのか、考えるまでもなく予想がついた。

「待っていればいいんだよね。ミノリのメールを」

「そう。初めてエッチをするだけでなく、それをカイにも知ってもらうのが、同じくらい大切なことなんだ。わたしがメールするから、カイはひとりになれる場所にいて」

カイはミノリの震える太ももから手を離した。てのひらにかいた汗を悟られたくなかった。カイの声はかすれている。

「それで同じ時間にひとりですればいいんだよね」

「そう、わたしがセックスしてるところを想像しながら、カイもしてほしい。それで見たこともないくらいたくさんだしてね」

返事の必要はなかった。カイはただうなずいた。階下でミノリのお母さんが、入浴の順番を告げている。カイはがんばってといって、ミノリの肩を軽くたたき、部屋をあとにした。


落ち着かない土曜日だった。

雨は降っていないけれど、生ぬるい風が台風のように海辺の街を襲った。きっとこの灰色の空が東京にも続いているのだろう。カイは昼食を終えてから、鍵をかけ自分の部屋にこもった。ミノリからは移動するたびに写真つきのメールが送られてくる。

特急が停車するこの街の駅、品川《しながわ》で乗り換えて山手線《やまのて》へ、渋谷《しぶや》駅とその周辺。109《イチマルキュー》で高校の入学祝を学習塾の講師は買ってくれるという。

カイの机のうえにはバケツに挿した大ぶりのサクラの枝がおいてあった。満開を過ぎて花は散り始めている。カイは荒々しくサクラの花をスケッチした。何枚描いても、花の命からは遠いような気がする。気がつけば、花のとなりに少女を描いていた。ミノリに似そうになると、顔の造りや身体のバランスをわざと崩した。花や木と少女。そのとき気がつくはずもなかったけれど、この組みあわせをカイは生涯にわたり描き続けることになる。

メールが届いたのは、午後三時を過ぎたころだった。タイトルは「こんな感じの部屋だよ♥」。写真は二枚だ。白いシーツがかかったキングサイズのベッド。ヘッドボードにはなぜかたくさんのスイッチがついている。もう一枚は嵐の翌朝の空のように青いタイル張りのバスルームだった。洗面台の鏡には携帯電話で写真を撮るミノリが映りこんでいる。写真の上の本文は、ただ一行だ。

「これから始めるね」

カイは6Bのデッサン用鉛筆をおいて、ベッドに腰かけた。ジーンズとボクサーショーツをひざまで下ろす。ペニスは昨夜から半分充実したままだ。ラブホテルの一室を写した写真を目にしたときから、完全に立ちあがっている。カイは目を閉じると、遠く東京・渋谷の空の下にいるミノリを想像した。

ミノリの上半身を思いだす。この一年で胸のふくらみは豊かさを増していた。誰か知らない男の手が、ミノリの胸にふれている。すこしも嫌な感じがしないのは、その大学生がただの道具だからだ。ミノリが大人になるための儀式に必要な道具にすぎない。この儀式が済めば、男も用無しになる。

カイはゆっくりとペニスをにぎる手を上下させた。興奮しすぎているのか、あまり感覚がなかった。ミノリも自分と同じように緊張しているはずだ。昨日の太ももの震えを思いだす。これからふたりが大人になり、何十年かたっても、この土曜日に起きたことは絶対に忘れないだろう。ミノリが渋谷で大人になり、カイが遠く離れた街でそれを祝って、ひとりでしたのだ。きっとぼくたちは笑いながら、何度もこの午後のことを話すだろう。これは繰り返し語られるふたりの秘密になる。

春の低気圧の暴風が一段と強くなった午後四時過ぎ、カイはミノリとの約束どおり、たくさんの精液を放出した。それは魂が抜けてしまうのではないかという量で、カイはいきながら自分が怖くなった。

その日、ミノリが帰ってきたのは夜八時半を回っていた。

門限は九時だったので、ぎりぎりでミノリは風の丘の双子ハウスに滑りこんだ。カイは会えなかったが、自分の部屋の窓から手を振ると、ミノリが手を振り返してくれた。ちぎれるようにしばらく手を振ったあとで、ミノリは中指を一本だけ立てて嵐の空を指した。

カイはミノリの心の声がきこえるようだった。ざまを見ろ、もうわたしは処女なんかじゃない。いつか自分もミノリにこんなふうに報告できる日がやってくるのだろうか。

カイはミノリ以外の女の子とは、うまく話ができなかった。中学校を卒業したが、まだ異性とつきあったこともない。

ミノリから電話があったのは、ベッドに入った十一時のことだった。

「今、だいじょうぶ？」

タオルケットを頭からかぶって、カイはこたえる。声を殺して、夜遅く電話するのが楽しくてたまらない。

「だいじょうぶ。うまくいった？」

自慢げではなく、あっさりとミノリはいう。

「いったよ。痛いかと思ったけど、それほどでもなかった。入れるまえは、けっこう気もちよかったよ。わたし、ひとりでしてたから」

カイは週に二回くらい、ミノリはそれよりすこし多いくらいの自慰をしていた。回数と方法はおたがいに報告している。性に関する限り、ふたりに秘密はない。

「なにがよかったの？」

へへっとミノリが笑った。

「舐《な》められたのが、すごくよかった。指とは感触がぜんぜん違うし、あれは自分ではできないから。ちょっとびっくりしちゃった」

ペニスが硬くなるのを無視して、カイがいった。

「セリザワ先生はなんだって?」

「うーん、別になにも。きれいだ、きれいだっていって、ずっと舐めてた。好きなんだって。その、あの……」

めずらしくミノリが恥じらっている。昨日はお風呂場でシャワーをつかって二回いったと、あっけらかんと登校時に報告してくる幼馴染みなのに。

「なにかあったの?」

「女の子の味とか、匂いが好きなんだってさ。恥ずかしいこといわせないでよ。ちょっとあのセンセ、変態っぽかった」

性器を舐めるのが好きなくらい、別に変態とは思わなかった。自分も途切れることなくあふれてくる液体をずっと吸っているかもしれない。

「大人になった感想はどう?　なにか変わったことはある?」

カイは想像もできなかった。同い年で幼稚園から知っているミノリが、もう性行為を実行して、大人になったのだ。自分とはまったく別な次元を生きているように感じられた。自分はまだ誰かと内臓を擦《こす》りあわせるほど深くつながったことはない。それほど相手から与えられたことも、自分を与えたこともない。まだ人として半分しか生きていないのではないか。不安で胸が苦しくなる。もしこのまま一生童貞だったら、生きている価値がない。

ミノリはしばらく考えていった。携帯電話からきこえる声は、なぜこれほど生なましいのだろうか。息といっしょに言葉を耳に吹きこまれるようだ。

「脚のあいだになにかはさまったような変な感じはあるけど、あとは変わらないよ。エッチをしても、わたしはわたしのままだった。それがすこし気もちよくて、愉快かな。カイもそのうち試してみなよ。急ぐことはないけど」

そんな相手があらわれるのだろうか。カイは内心でため息をついて、変わらないのにどこか深いところで変わってしまったミノリの声をきいていた。すくなくともこんな余裕は自分にはない。

「しているときは、どんな感じなの？」

「あんまりよく覚えてないけど、こんなに脚開くのかって、びっくりした。それもずっとだよ。ももの外側の筋肉が痛くなっちゃった」

笑い声が耳の奥できこえる。ミノリが口にすると、普通ならいやらしい言葉が透明な水や冷たい風のように心に届くのはなぜだろうか。なにをしても決して穢《けが》れることのない不思議な力が、少女のなかにはあるようだった。カイもいっしょに笑った。

「そんな筋肉痛なら、いつかぼくもなってみたいよ」

「カイは男だから、別なところが痛くなるんじゃないかな」

しばらく笑って、カイはいった。

「避妊はちゃんとした？」

当然のようにミノリはこたえた。

「うん、ちゃんとしなければしないっていったから。むこうも大学二年生で父親にはなりたくなかったみたいだし」

「そうなんだ」

いつか避妊具をつける練習をしておこう。初めてのときにばたばたしたくない。

「あー疲れた。今日は電車の移動も長かったし、渋谷の街をさんざん歩いたし、エッチもしたしで、くたくたにくたびれちゃったよ。でもさ、カイ……」

ミノリが座席に座るところ、センター街を歩くところ、あのベッドで脚を開くところを順番に想像した。カイは上の空で返事をした。

「なに？　ミノリ」

「わたしがラブホであんなことしながら、なに考えていたか、わかる？」

なにか気の利いたことをいいたかった。残念ながらカイはうまい返事ができたことがない。

「わかんないよ、そんなの」

ふふっとちいさく笑って、ミノリがいった。

「カイのことだよ。今ごろ、自分の部屋でひとりでしてるだろうな。気もちよくなってくれてるかな。あのセンセ、大学生なのにあまり慣れてなくて、ちょっと乱暴で嫌なときもあったんだ。そういうときは、ベッドで平気な振りして、カイのことを考えてた。そうすれば、嫌なことも全部笑える気がしてさ」

なぜか理由はわからない。だが、カイは感動していた。別な男に抱かれたミノリの心の支えが自分だった。それが誇らしくてたまらない。

「セックスはすごく素敵で、動物みたいにカッコ悪くて、馬鹿らしいほど自然なことだった。最初からそうするように頭と身体に書いてあったみたい。やっぱりさ、カイも早くやっちゃいなよ。なんだったら、わたしがいい子、紹介してあげる」

カイは断固としていった。

「嫌だ。絶対にミノリの世話にはならない」

初めての相手は、ミノリがそうしたように絶対自分の力で探すのだ。ミノリのように美しくなくてもかまわないし、十五歳のうちでなくてもかまわない。自分の速さでゆっくりといくのだ。性には教科書も、受験も、偏差値もなかった。

「でも、いつか初めてそういうことができたら、必ずミノリに報告するよ。全部隠さずに話をする」

「カイ、いい話きかせろよ」

男の子のようにミノリはいう。カイは苦笑した。

「わかってる。ぼくもベッドの写真送るよ」

「わたし、疲れたから、もう寝るね」

明かりを消した暗い部屋で、カイは最後にきいた。窓の向こうでは、あのケヤキがうれしげに春の嵐と踊っている。

「ねえ、ミノリ、ぼくたちはすごく変な関係だと思うんだけど、これってつきあっているのかな。ときどきよくわからなくなるんだ」

「あたりまえじゃん。ずっと昔から、わたしたちつきあってるよ。誰にもわかんないかもしれないけど。おやすみ、カイ。わたし、もう起きてられないや」

「おやすみ、ミノリ」

通話は突然切れた。ミノリらしく余韻のない切れ方だった。カイは緑色の携帯電話を両手で包むように胸に抱き、春の嵐の音をきいた。しばらくすると起き上がり、窓から双子ハウスのもう一軒を眺めると、ベッドに跳びこみ、眠りに就いた。

6

カイは十七歳になった。

身長はいつの間にか伸びて、ミノリを追いこしている。腕も足もストップモーションで撮影した若木のようにみるみる成長していく。県立高校では美術部にはいったので、運動とは無縁だ。カイは自分の身体が嫌いだった。細くて薄っぺらで、重量感がない。線だけで描ける棒人間のようである。筋肉もまったくついていない。カイは普段、鉛筆と絵筆しかもたなかった。ときに大型のキャンバスをもちあげることがあっても、せいぜい数キロの重さである。

運動部の男子のように筋骨隆々になる必要はないけれど、身体のあちこちにもうすこし筋肉をつけたかった。このころカイは人体デッサンのために解剖学を学んでいた。大胸筋と広背筋、それに上腕二頭筋と三頭筋、肩を丸くとりまく三角筋。このあたりは鍛えなければならない。人の身体はそのままでは、形のいいトルソにならないからだ。カイの基準は美術室においてあるギリシャ・ローマ時代の彫刻だった。

カイは絵を描くように、自分の身体に筋肉をつけていった。腕立て伏せと腹筋を繰り返し、肩と腕にはダンベルをつかう。自分自身でプログラムを組み、週に三回、一時間ほどの厳しいトレーニングを課した。カイは人にいわれたことは続かないけれど、自分で決めたことはきちんとできる性格だった。

半年ほど運動を続けると、身体つきが変わってきた。腰と腹が引き締まり、胸と肩が張りだし、上半身がきれいな逆三角形になった。自分の身体を好きなようにデザインできる。この経験はカイに自信をもたらした。身体は心の思うように変えられる。だとしたら、絵を描くことや生きることそのものさえ、デザインできるのではないか。カイは人生がなにかしらなかったけれど、その予感だけで幸福になった。

ミノリはカイよりも偏差値の高い県立の進学校にかよっていた。生徒会と英語部の活動で忙しいようだ。その高校では英検準一級を取得すると、修学旅行の費用が免除される特典があった。ミノリはカイが絵を描くとなりで、英語の勉強をするようになった。

額に汗をにじませて、腹筋運動や腕立て伏せをしているカイを、ミノリはまぶしいものでも見るように目を細め眺めていた。季節は秋だが、窓のケヤキは深々とした緑の葉をそよがせている。

「カイの身体、変わったね」

開け放した窓からは初秋の風が吹きこんできた。ガラスの粉でも混ぜたように肌のおもてを滑っていく乾いた風だ。

「そうかな」

「うん、ぜんぜん変わったよ。なんか、男って感じの身体になった。まだチェリーボーイの癖に」

それはふたりきりのときに、ミノリがカイをからかう定番の冗談だった。ミノリは高校入学前の春休みに処女を卒業している。学習塾の講師だった大学生とは、翌月には別れていた。あれから一年半ほどのあいだに、ふたり半の男と関係をもっている。半人分はペッティングまでで、実際の性行為にはおよばなかった社会人だった。年齢は確か十一歳上だ。カイはミノリの恋愛と性体験を、すべて報告されている。

十七歳になりカイは、あせりを感じ始めていた。クラスの男子の三分の一ほどが童貞を捨てている。このまま一生セックスができなかったら、どうしよう。童貞のまま死んでしまうのは嫌だな。十代の少年なら誰でも心あたりのある恐怖だった。

「うるさいな。高校のあいだにはそんなの卒業してみせるよ」

「そのときはちゃんと教えてね。わたしがお祝いしてあげるからさ」

ミノリが前歯をすべて見せて、うひひっと笑った。

「中年のおっさんみたいだから、そんな顔して笑うな」

カイはそういって、そっぽをむき、腹筋にもどった。ベッドのしたに足をいれて、身体をななめに起こす。腹斜筋を鍛える運動だった。頭のなかにはミノリの笑顔があった。外出先や中学の教室では、ミノリは決してそんな笑いかたをしなかった。無防備な笑顔はカイにだけ公開される、とても親密でプライベートなものだ。

「そういえば、あの子、どうなったの？　ワカバちゃんだっけ」

カイの高校には美術科がある。藤井若葉《ふじいわかば》はカイと同じ科で、同じ美術部だった。将来は美術系の大学へ進学を希望している。プロの絵描きは無理だから、中学の美術教師になりたいのだそうだ。デッサンが狂う癖があって、放課後何度か教えてやり、カイとなかよく口をきくようになった。

「彼女とは別につきあってるわけじゃない」

「でも、学校帰りに何度もいっしょになってるんでしょう?」

「そうだけど別に」

最近では週に二、三回はワカバと下校するようになっていた。県庁所在地にある美術館に絵を見にいったこともある。ウィーンにある美術史美術館の出張展覧会だった。ワカバはクリムトが描いたやわらかな質感の女性の絵が好みだったが、カイはブリューゲルのまえから動けなくなった。しらない土地の何百年も昔の農民が、これほど生きいきと描かれている。この画家はどんな魔法をつかったのだろう。

「だけどさ、週の半分はその子と帰ってるんでしょ。そういうのは偶然とはいわないいんじゃない?　きっとむこうはカイのことを狙ってて、毎日待ち伏せしてるんだよ」

そうなのかもしれないし、そうではないのかもしれなかった。カイは人の心の動きを予想するのが苦手だ。ワカバに好意はもっているが、恋愛感情ではなかった。ミノリとワカバは対照的だった。ミノリは背が高く、髪が長い。ワカバは小柄で、ショートカットだ。ミノリは色白だが、ワカバは肌が浅黒い。胸はミノリは平均的で、ワカバのほうが豊かだ。

あれこれと比べているうちに、中学生のころ見せてもらったミノリの乳房が鮮やかに目に浮かんだ。ペニスに血液が送りこまれるのがわかる。カイは運動をやめて、体育座りになった。学習机の椅子でひざを抱えるミノリを見あげる。

「そうかもしれないけど、なんだかつきあうのはめんどくさい」

「女の子のことめんどくさいなんていってたら、一生チェリーのままだよ。その子がカイのこと好きなら、童貞を捨てるためにつきあったらいいのに」

「ミノリがセリザワさんを捨てたみたいに、やったらそれでさよならでいいのか。そんなことしたら、彼女を傷つけることになる」

ミノリは腕を組んで、カイをにらんだ。

「あのね、女の子はきれいでかわいいだけじゃないんだよ。女だってセックスしたいし、傷つけられたいと思ってる。それが好きな相手なら、おおよろこびだよ」

なぜか鉛筆デッサンでてのひらを真っ黒に汚したワカバを思いだした。ワカバは一本の線を確信をもって引くのが苦手だった。何本も重ねて引いていくうちに画面が黒くなっていく。努力家だが不器用なのだ。その絵は美術部の先輩には好評だった。がんばり屋の性格がでているという。カイが黙っていると、中年男のように笑って美少女がいった。

「カイのこと考えながら、ひとりでしてるかもね。賭けてもいいけど、絶対カイの裸を想像してるよ」

衝撃だった。自分が誰かの欲望の対象になるということが、まだカイには理解できない。ベッドのうえに足をのせて、腕立て伏せの準備をした。こうすれば荷重が重くなり、運動効果があがるのだ。カイは無言のまま身体を沈め、ゆっくりと息を吐きながら身体を押しあげた。

その秋一番のニュースは、カイの絵が県の展覧会で銀賞に選ばれたことだった。秋に開かれる県展は年齢と職業の区別がなかった。大人も学生も、プロもアマチュアも、同じグラウンドで選考される。十七歳での銀賞は、過去二番目に若い受賞だという。カイより若い受賞者は戦前に十五歳でこの賞を獲《と》り、国立の美大を卒業後自殺したという。理由はわかっていない。

十七歳になってカイは気づいていた。絵を描く道は危険に満ちた道だった。ほかの職業よりも遥かに高い自殺率と貧しい生活が待っている。美しいものは必ず代償を要求する。カイはそれを怖いとは思わなかった。暗い可能性を恐れるにはまだ若すぎる。

ケヤキの木のしたで銀賞を報告すると、ミノリはいった。

「やったね、カイ。これで夢に一歩近づいたね」

ミノリのいうことがよくわからなかった。画家になるのがカイの夢ではない。絵なら賞など獲れなくても、仕事にならなくても一生続けていくだろう。説明するのが面倒で、カイはうなずいておいた。

「ありがと、ミノリ」

ミノリの声ははずんでいた。

「じゃあ、美術館にいっしょに見にいこうよ。お祝いでなんでもおごってあげる」

カイはすまなそうにいった。

「ダメなんだ。県展には今度の日曜日、ワカバといくことになってる。それにミノリには、あの絵はひとりで見てもらいたい」

ミノリはさばさばといった。

「あー、そういうことなんだ。わかった。じゃあ、その絵はわたしひとりで見にいくよ。カイのデートの邪魔はしないから、彼女とたのしんできて。わたしは英語の勉強でもするよ」

ミノリはそういうとスカートの裾をひるがえして、双子ハウスに帰っていった。カイは淋しいほど青い秋空のしたで、ミノリの美しい背中を見送った。


いつもなら閑散としている美術館は、県展を開く二週間だけ混雑している。カイは人が多いのが苦手だった。できることなら、絵はひとりだけで見たい。カイは街が嫌いだ。

カイの絵はほぼ正方形で、一辺が百五十センチほどある大作だった。額の横には銀のリボンと、カイの名前と高校名が筆で書かれたプレートが貼られていた。人だかりのむこうから中年女性の声がきこえる。

「まあ、この絵を描いたの高校生ですって。上手ねえ。うちの子とはおお違いだわ」

カイは自分の絵を見る気をなくした。ワカバがいう。

「わたし、最前列で見たいけど、カイくんいっしょにいかない？」

首を横に振った。自分の絵なら、完成するまでに何万回も見ている。きちんと見たら、また直したいところがでてきてしまうだろう。

「ぼくはベンチにいるから、ゆっくり見てくるといいよ。自分の絵を見るのは苦手なんだ」

展示室は巨大な白い箱だった。カイは黒革のベンチに腰かけ、白い箱のなかを砂のように流れていく観客を眺めていた。この展示室自体がひとつのアートなのかもしれない。自分の絵のとなりにビデオカメラをおいて観客を撮影したら、おもしろい作品ができるかもしれない。不作法だったり、気むずかしかったり、美術になど興味のない人たちを延々と上映するのだ。じろじろと見つめられて傷つく絵の気もちがわかるかもしれない。

ワカバはなかなかもどってこなかった。携帯電話の時計で三十分近くたったころ、うつむいて床を見つめていたカイの視界に、黒いパンプスが見えた。

「カイくんの絵、すごくよかった」

怒っているような声だった。カイが顔をあげると、ワカバは涙ぐんでいた。目も頬も赤い。麻のグレイのワンピースは飾り気のないボックスシルエットで、簡素さが逆にワカバの胸の豊かさを強調している。

「今日、このあとなにも予定ないんだよね？」

「うん、すこしお茶して、本屋で美術雑誌か画集でも探すだけだけど」

離れたベンチで四、五歳の男の子がおもちゃの電車を走らせていた。車両同士をぶつけて、事故だ、事故だと叫んでいる。ワカバは男の子を無視していった。

「だったら、お願いがある。わたし、今日はなにもないまま帰るのは嫌」

カイは雷に打たれたようだった。事故だ、事故だ。男の子が叫んでいる。

「それって、ぼくとするってこと？」

事故だ、事故だ。ワカバがうなずいた。

「カイくんがわたしのことを好きなのかどうかは、わからない。でも、そろそろわたしたち試してみてもいいと思う」

カイは座ったまま、ワカバを見つめた。美術館の白い壁のまえで、ワカバ自体が作品のようだった。若い女性の命を描いた作品だ。カイの頭のなかでは、ミノリの言葉が散りゆく枯れ葉のように回転していた。女だって傷つけられたい。ワカバはうつむいていった。

「男の子って、いつでもそうしたいっていう気もちがあるんでしょ。相手が誰で……」

カイはワカバに最後までいわせなかった。立ちあがるとワカバの手をとり、展示室を歩きだす。多くの観客がいる場所には、これ以上いたくなかった。ワカバはすくなくとも今日は、自分のためだけの作品だ。


県庁通りをまっすぐ山にむかってすすむと、デパートがいくつか集まった商業地区がある。その裏側の通り沿いに、いくつかラブホテルがならんでいた。カイはそういう場所が、どんな造りになっているのかしらなかった。

暗いエントランスをはいると、電飾のパネルが半分ほど光っていた。室内の写真と料金が表示されている。これもまた美術作品ではないのか。このまま展示室に飾れば、案外いい作品になるかもしれない。

カイは室料が中間くらいのところを選んだ。足も指も震えていた。となりのワカバは落ち着いているようだ。部屋代は画集一冊分と変わらなかった。４０３と刻まれたルームキーをもって、エレベーターに乗りこむ。扉が閉じたとたんに、ワカバが飛びついてきた。カイの胸に頭を埋《うず》めていった。

「こうなったらうれしいなと思ってたけど、ほんとになるなんて夢みたい。カイくん、つきあってくれて、ありがとね」

カイはキーをもったままの手を、ワカバの背中にまわした。女の子の背中のやわらかさにびっくりする。男とは背中まで違うのだ。ルームキーについたチェーンが鳴った。ワカバが背伸びして、カイの唇にふれるだけのキスをした。それはカイの生まれて二度目の口づけだった。カイはワカバと抱きあったまま、もつれるようにエレベーターの箱をでた。


403号室は、どこもかしこも鏡張りだった。

たぶんできてから十年以上はたっているのだろう。鏡が古くなって、奇妙にゆがんだ暗い像が映っている。ベッドに腰かけたままの長いキスのあとで、ワカバはシャワーを浴びにいった。カイはくつろげなかった。広大なキングサイズのベッドの端にちいさくなって腰かけ、携帯電話をとりだした。ミノリのときのように写メを撮るのはさすがにやりすぎだと思った。けれど、これから生まれて初めてのセックスをおこなうという報告はしなければならない。カイとミノリのあいだには、秘密はないのだ。

明かりの落ちた部屋のなかで、液晶画面だけが光っていた。カイはメールに書いた。

ワカバとラブホテルにいる。ぼくの絵を見たら、急にワカバがこのまま帰りたくないといいだした。403号室は鏡だらけだ。これからセックスを試してみる。つぎにミノリと会うときには、もう童貞ではなくなっているはずだ。くわしい話は、そのときに。

送信ボタンを押して、携帯電話を胸に抱いた。バッテリーのほのかなあたたかさが、自分とミノリをつないでいる。そんなふうに感じながら、カイは薄い壁越しにシャワーの水音をきいていた。

ミノリがメールを受けたのは、県展の展示室にはいったときだった。カイの絵は天才少年の作ということで、話題を呼んでいた。金賞の作品よりも人だかりがすごい。ミノリは着信音がすると壁際に移動して、即座にメールを読んだ。

カイが大人になるのが、うれしかった。これからは遠慮しないで、セックスについて話すことができるだろう。ミノリはカイにもっと性的に成熟してもらいたかった。男子はだいたい幼いけれど、カイはなかでも晩生《おくて》のようだ。ミノリが実感をもって話しかけても、ほんとうはわかっていないのではないかという反応が多かった。カイはそういうとき、絵を描くときのように厳しい顔をしてうなずくだけだ。

ワカバというクラスメイトのことを考えた。小柄で、ショートヘアで、色が黒くて、グラマー。それがカイの好みだとは意外だった。もっと大人の女性が好きだと思っていたのだ。もっともミノリが思い浮かべていたのは、ボッティチェリやアングルの裸婦像だった。いつもカイが眺めている画集の絵の大人の女たちである。

「すみません」

ミノリはすこしずつ人をかき分けて、観客の最前列にでた。太いロープがゆったりと張られている。壁までは一メートルほどしかない。心を落ち着けて、四角い額に目をやった。衝撃だった。双子ハウスの境に立つケヤキの木が、画面右手に世界そのもののように巨大に描かれている。ケヤキは燃えあがる緑の塔のようだった。手まえには少女がひとり立っている。透ける素材のひざまであるワンピースの白いドレス。背が高く、髪は長かった。腕も脚も細く伸びている。燃えるケヤキから放たれた緑の光線が、ドレスを透かして身体の線をはっきりと浮かびあがらせている。この乳房の形は中学生のときの自分のものだろう。なによりも印象的なのは、緑がかった少女の目の光だ。その目は挑むように告げている。わたしを奪いなさい。抱き締めて、傷つけなさい。わたしはきみのものだよ。

ミノリにははっきりとわかった。この絵のなかの少女は自分だ。描いているあいだ、カイがミノリにこの絵を見せなかった理由がわかった。きっとカイは何度もこの少女を描き直したことだろう。だが、何度描いても少女はミノリにしかならなかった。カイのなかには自分しかいなかったのだ。

だから、ひとりで見てもらいたいとカイはいったのだろう。ミノリは多くの観客に交ざり、顔を赤くした。胸の奥がしびれたように感動している。これは公開ラブレターのようなものではないか。カイはそれほどまでミノリのことが好きなのだ。

同時に、室温と湿度が徹底的に管理された美術館のなかで、頬に冷たい風を感じた。この絵を藤井若葉は見たのだ。彼女は突然このまま帰りたくないといったという。この絵の少女は自分ではない。カイからは幼馴染みのことはきいているだろう。風の丘の近くの中学生で、ミノリをしらない者はいない。この絵の少女が誰なのか、ワカバは即座に気づいたはずだ。

それでカイを誘ったに違いない。先にさらわれるまえに、自分がさらうつもりなのだ。ミノリはカイの絵のまえで微笑んだ。ワカバは自分たちの約束をしらない。カイと自分のあいだに性的な関係はない。けれど、そんなものよりずっと強い絆《きずな》で結ばれている。すべての秘密と欲望を明かし、共有するのだ。成熟して大人になり、年老いて死ぬまで、誰にもしらせずに抱えている心の奥の一番深い色を分けあうのだ。

この時間にも、カイはワカバを抱いているかもしれない。嫉妬はなかった。胸が苦しくもならない。ワカバがどれほど深くカイを受けいれても、自分とは比較にならなかった。

ワカバはどれほど身体を重ねても、いつかカイのまえから去っていくだろう。

自分はいつまでも、カイの心の近くにいる。ほかのどんな女よりも、そばにいて心を分けあう。ミノリは足が痛くなるまで、カイの絵のまえに立っていた。県立美術館をでたのは、夕暮れになってからだった。

風の丘の家に帰らなければならない。カイから初めての経験のすべてをきく時間が迫っていた。

その夜、父は山から帰らなかった。

日本アルプスのどこかから始発で街にもどり、そのまま仕事にいくとメールがはいった。カイは夜ひとりで寝るのも、簡単な朝食をつくるのも慣れていた。父がいないことを淋しいとも思わない。

ミノリは夕食を終えると、すぐにやってきた。カイは自分であたためた冷凍のペスカトーレを食卓においたところだった。手でちぎったレタスとサラダ菜のサラダには、塩コショウとオリーブオイルを振ってある。

ミノリはサラダ菜を一枚つまむと、カイの正面に座った。秋だけれど、ショートパンツをはいている。同じ太ももなのに、なぜこんなに違うのだろう。カイは無意識のうちにワカバとミノリを比べていた。

「へへへ、どうだった？　初エッチは」

にやにやしながら、ミノリがきいてくる。カイは何本かパスタを選び、フォークの先に巻きつけた。もうすこし塩味が強くてもいい。

「ぼくは初めてだったけど、ワカバはそうじゃなかった」

「へえ、意外。てっきり処女と童貞で、何時間も苦労したかと思ってた。じゃあ、スムーズだったんだ」

「まあね」

カイはパスタをたべながら、淡々とワカバとの初体験を語った。事実と経過は伝えたが、細部と自分の感想はいわなかった。

「で、どうだったの？」

「悪くなかった。大人たちはみんなこんなことをして、子孫をつくってきたんだって思った。人間の歴史なんて、たいしたことないんだなって」

ミノリは肩をすくめてうなずいた。

「なんかおじいさんが久しぶりにエッチしたみたいな感想だね。カイはなにか変わったことないの？　わたしのときはやっと大人になれたって感じがしたよ」

カイは自分自身の変化を考えた。ペニスにはひりひりとした感覚が残っているけれど、心のなかはなにも変わっていないようだ。

「わからないけど、まえのままだよ。ぼくはまだ大人になった感じなんてしないし、これから先も簡単には大人になれない気がする」

男と女では初体験の意味にも違いがあるのだろうか。カイは童貞でなくなっても、不安なままだった。自分はこれから誰になっていくのだろうか。絵を描くのはいいけれど、社会のなかで自分の場所を見つけることができるのだろうか。ワカバの身体は素晴らしかったけれど、生きることと未来への不安はすこしも軽くならない。

「わたしのときは、あんなに質問したくせに、自分ではあんまり話さないんだね。カイはずるいよ」

ミノリの口ぶりがすこしも怒っていないのが、カイには不思議だった。それどころか、奇妙な満足感さえ微笑んだ口元にのぞいている。

「でも、今日は許してあげる。わたし、カイの絵を見たよ」

エレベーターのなかでキスをしたときも変わらなかったカイの顔色が真っ赤になった。

「……そう。あのさ、あの絵、どうだった？」

ミノリは自分をモデルに描かれた少女のことにはふれなかった。

「すごくいい絵だった。あの絵のまえにずっと立っていて、気がついたら二時間近くたっていた。わたし、カイには才能があると思う。いつか、ずっと先でいいけど、わたしの身体を描いてね」

カイは息をのんでいった。声がかすれてしまう。

「それはヌードでいいの」

ミノリは毅然《きぜん》としていた。恥ずかしがっても、照れてもいない。あたりまえのようにいう。

「もちろん。いつかわたしがカイに全部見せられるくらい大人になったら、絶対描いてね」

「わかった」

そんな日がいつかくるのだろうか。それまでに絵の腕をあげておかなければならない。まだまだカイにはミノリの命を描き切る自信はなかった。

「それとカイはあの子の絵を描いたらダメだよ。誰とエッチしてもいい。でも、絵を描くのはわたしだけにして」

カイは黙ってうなずいた。女性を描くと、なぜかミノリになる。それがなぜなのか、カイ自身にもわからなかった。でも、ミノリを描いていればきっといいのだ。一枚の葉を描ければ、世界が手にはいる。ならば、ミノリを描ければ人間のすべてを手にいれられるかもしれない。

カイはぴりっと舌を刺す唐辛子の熱を感じながら、パスタを片づけた。食事が終わったら、ミノリをデッサンしてもいいかもしれない。秋の夜は長かった。身体の奥には初めての性行為による気だるい疲れが残っている。こんな気分で引く線は、きっとこれまでとは違うものになるだろう。

カイは暗くしたキッチンで、紙と鉛筆の用意をする。ミノリは胸をそらし、あの絵のなかの少女のように夜の明かりのしたに立った。

7

受験は、必ず巡ってくる罰だった。

高校三年になって、カイの周囲は重苦しい雰囲気で満たされた。教室では酸素の薄い空気を吸うように誰もが浅く速い呼吸を繰り返している。点数により自分の能力を測られる。成績別で篩《ふる》い分けられ、上級の学校だけでなく、未来の可能性まで限定されてしまう。潜水したまま競泳用プールの暗い底を泳ぎ切るような日々が続くのだ。受験生に求められるのは、不安に耐え、息も継がずにひとかきずつ前進することだった。

だが、カイはそのプレッシャーから比較的自由だった。

カイがもつ絵を描くという能力は、もとから試験制度に馴染まないところがある。アートの放つ力は点数化やクラス分けとは無縁だった。カイの志望校は早くから決まっていた。この県にある国立大学の美術科である。カイはデッサンや課題に不安は抱いていなかった。十七歳で県展に入選したことは、すでに大学関係者にもしられていた。あとは合否の半分を占める学科試験だが、カイはこちらのほうものんびりとかまえていた。最初の年に無理なら、浪人してもう一年がんばればいい。一年間集中できるなら、凡庸な自分の頭でもなんとか合格できるだろう。

ミノリは成績優秀だったので、逆にプレッシャーは高かった。県下でも有数の進学校は有名私大への進学実績をライバル校と競っていた。教室では誰も自分の志望校を口にしなかった。ミノリは東京にいきたかった。太平洋に面して気候のいいこの地方の生ぬるさが肌にあわなかった。ここには自分が思い切り翼を広げるスペースが足りない。そのためにも東京の大学にいくのだ。

ミノリにとって、この街は檻《おり》のようなところだった。自分らしく生きることも、自分の欲望を十分に満たすこともできない。カイはそんなミノリを近くでまぶしく見つめながら、奇妙な生きものだとときどき思うことがあった。

きっと男と女というのは、同じ人間でも、生きものとしては別々なのだろう。

カイはミノリに似た少女の絵を数十枚も描きながら、そう思うことしかできなかった。

「いよいよ来月、全部が終わるね。せいせいするよ」

カイのベッドに腰かけて、ミノリがいった。子どものころに比べると、この部屋もずいぶん手狭になった気がする。部屋の隅に立てかけてある膨大な数のキャンバスのせいかもしれない。エアコンは静かにあたたかな息を吐いている。

カイはクロッキー帳に線を引いていた。ミノリと話をするときは、まっすぐに相手を見ることができなかった。絵を描いていると、スムーズに話せる。

「そっちはいくつ受けるんだっけ」

「滑り止めをふくめて大学よっつ。カイは入試、どんな感じ？」

センター試験はすでに終了していた。当落はぎりぎりの点数だった。残りは二次試験と実技だ。

「わからない。あとは運だと思う」

「運じゃなくて、腕でしょう。カイの絵なら、心配ないよ」

カイは黒々と石膏像の手が描かれたクロッキー帳から顔をあげた。デッサンはもともと得意だ。美術科受験の予備校で、基礎から学び直している。それでも絵の実技試験というのが、カイにはよくわからなかった。絵に合格不合格はあるのだろうか。自分が試験官ならこれまで描いたすべての絵が不合格ということになる。

「ほんとは大学とか美術科とか、どうでもいい。どっちにしても、絵は一生続けるんだ。どんな仕事をするにしても」

父の公務員の仕事を考えた。父はいまだに山岳絵画を描き続けている。登山と絵が生きがいだ。カイが県展に銀賞入賞したときは、ひと言だけ「いい絵だ」とほめてくれた。あとはどんなふうに絵を描くのか、どういう絵がいいものかといったアドバイスをしてくれたことは一度もない。カイは父に似ているのかもしれない。

「カッコいい。わたしもそんなこといってみたいよ。まだ一生の仕事なんて、ぜんぜん

ミノリはそういうと一度立ちあがってから、カイのベッドにダイブした。ミノリはいつも短いスカートをはいている。脚の長さと静脈が青く透けて見えるような白さが自慢なのだ。スカートがまくれて、その脚がつけ根までのぞいていた。スカートのしたは紺のアンダースコートだった。

「カイは強いよね。ずっと絵にむかっていられるんだから」

自分の強さなどわからなかった。むかっているのではなく、絵にしがみついているのかもしれない。そうしていなければ、怖くてしかたないのだ。十八歳は誰もが命の危機をくぐり抜けるときなのだろう。

羽毛布団に顔を埋めたまま、ミノリがいった。

「ワカバちゃんとは別れたんだよね」

高三の夏の終わりから、ワカバと会うことはすくなくなっていた。はっきりと別れを切りだしたわけでもなく、自然に相手が遠くなっていく。ミノリにもまだ別れを報告していなかった。

「たぶん。むこうも受験だから」

「受験があるから、恋もしない。デートも、セックスもしない。そういうこと？」

ミノリがむきになって、そういった。カイは困った。

「ぼくはよくわからないけど、みんなそんなものなんじゃないかな」

ばたばたと手足を動かして、ミノリがいう。

「わたしには耐えられない。どんなに大事な試験でも、将来がかかっていても、恋もセックスもない一週間なんて我慢ができないよ」

人にはそれぞれの優先順位があるのかもしれない。カイは自分の欲望やセックスは人なみだと考えていた。ミノリは違うのだろう。学校や生活や日常よりも、ずっと重要で欠かせないものとして、恋やセックスがあるのだ。女の子はみんなそうなのだろうか。そんな相手と、真剣な恋はできるのか。カイはなんだかつぎの恋愛が恐ろしくなった。

ミノリががばりと上半身を起こした。

「カイはワカバちゃんと終わってから、誰ともしてないでしょう？　よく平気だね」

「わかんないけど、みんなそうだろ。ミノリみたいなほうがめずらしいんだよ」

ミノリの顔色が変わった。カイはほかの人間の気もちはよくわからなかったが、ミノリが傷つくとすぐにわかった。目を伏せ、新しい線を引きながらいった。

「ごめん。責めてるわけじゃないから」

ミノリがベッドに大の字に寝そべる。長い手足が彫像の芯になる針金のようだった。長い髪は黒い煙のように顔をとりまいている。

「新しい人とすぐにやりたくなるわたしのほうが、おかしいのかも。でもさ、毎日何時間も勉強して、ほかにたのしいことなんにもなくて、試験に受かるとか落ちるとか考えてたら、誰だってセックスしたくなるよ。ほかに自分の全部を燃やせるようなもの、なかなかないもの。カイには絵があるけど、わたしにはこの身体しかない。それともわたし、セックス依存症なのかな」

カイはその言葉に驚いて、ミノリに目をやった。太ももの肌がやわらかな日ざしを受けた石膏像のようにあたたかに見えたので、あわてて目をそらした。ミノリは男たちとうまくつきあっていた。高校では多くのラブレターや告白を受けたというが、誰とも交際しなかった。ヒロアキとも中学卒業時に別れている。その代り、ミノリが慎重に選んだのは、この街から離れた場所に住む年上の男たちだった。学校やこの地域での自分の評判を傷つけることなく、男と寝る。ミノリは欲望が強く、頭のいい少女だった。

「カイはワカバちゃん以外誰ともしてないけど、わたしはやりまくりだから。何人だか、覚えてる？」

カイはミノリが経験した男をすべて報告されていた。たぶん男たちに関しては、ミノリが覚えているよりも多くを記憶していることだろう。男たちの身体つき、年齢と職業、セックスのときの癖。カイはいつも不思議に思うのだが、ミノリの報告はつねに細部にわたっていた。ペニスの形や汗の匂い、男がいくときの声を、ミノリは冷静に語る。カイはワカバの身体について詳細に話したことはなかった。

「まだ二十人にはいかない」

十五歳からのほぼ三年のあいだにミノリが寝た男たち。カイは目がくらみそうになった。自分はまだひとりだ。つぎに誰かとできる日がやってくるのだろうか。セックスの経験は単純に人数では計れない。だが、清純で、この街一の美少女と誰もが認めるミノリが密《ひそ》かに経験を重ねている。自分自身よりもおおきな欲望を全身で抱え、苦しい冒険を続けているのだ。カイはこの幼馴染みの強さに感心した。

天井を見あげながら、ミノリがいった。

「じゃあ、今夜は二十人目の話をしてあげる」

「わかった」

「ちゃんと覚えておいてね」

カイはクロッキー帳を閉じて、部屋の明かりを落とした。照明は学習机のうえのスタンドひとつになる。床に座って、目を閉じた。なぜかミノリから正直すぎる報告を受けるときは目をつぶってしまう。そちらのほうが、心の暗闇のなかにミノリの声がよく染みてきそうな気がするのだ。ミノリの欲望の色に、自分の心が染まる。カイにはこの時間がいつも特別だった。

8

「男の人はいいよね」

囁きに似たミノリの声が暗い部屋に流れた。天井がひどく低く感じる。意識せぬうちにカイの声はかすれてしまった。

「どうして？」

「わたしはこんな田舎の街は大嫌い。早く大学に合格して、でていきたいよ」

ミノリは東京の私立大学志望だった。カイは海辺のちいさな街で、別に不足は感じない。

「ぼくはここもいいと思うけど」

にっと前歯を見せて笑うと、ミノリはいった。

「地方のちいさな街で、女の子が相手を探すのはいつだってたいへん。いい相手はすくないし、噂になると面倒だし、みんな誰かとつながってる」

「だけど、ミノリはそんなとこで、もう二十人の男とやったんだろ」

「まあ、そうだけどね。やったとかいわないで。これでも女の子なんだから」

そんなことなら、よくわかっていた。ミノリはカイが生まれてから会ったなかで、もっとも美しい少女である。その少女は周囲の環境を超えた欲望に苦しんでいる。女性にも性欲があるということを、カイはミノリをとおして学んでいた。

「で、二十人目のぼくがしらない相手って、どんなやつなのさ？」

すねているわけではないが、声が荒っぽくなってしまった。ミノリの男たちの話をきくとき、いつだってカイはなにかを叫びたくなったり、夜のなかに走りだしたくなったりする。

ミノリの声は真夜中に境界のケヤキの梢を揺する風のように静かだった。

「今度の人はネットだよ。出会い系まではいかないけど、友達募集のサイトがある。カイは見たことないよね、きっと」

カイは床のうえでうなずいた。気がつくとベッドから、ミノリの健康な若い女性の匂いが流れてくる。煮たてたミルクのような、ゆで卵のような匂い。

「うん、ない」

カイはネットもパソコンも好きではなかった。あれはしらなくていいことをしり、余計な心配ごとばかり増やす機械だ。

「もうね、このあたりだけでも何百人っていう男たちが、自分のプロフィールをアップしてるんだよ。で、顔写真のなかから、うわ目づかいで撮ったイケメン風とか、プリクラのやつとか、マンガのキャラクターのは全部捨てていく。その段階で九割くらいはアウトかな」

　自分の一番カッコいい写真をネットにさらす勇気のある、愚かな男たち。カイは目を閉じたまま微笑んだ。

「ミノリは厳しいんだね」

「あたりまえでしょう。男と違って、女の子は相手が誰でもいいというわけじゃないもん」

「男のほうは誰でもいいんだ」

　ふっと息を吐いて、ミノリは笑った。

「そう、だいたいはやれる女なら誰でもいい。穴が開いてれば、浮き輪でもドーナツでも」

　カイも笑った。真夏の炎天下に浮き輪やドーナツを求め、駆けまわるアニメキャラの男たちが浮かんだ。いいモチーフになるかもしれない。

「で、そこで残った数すくない男の人と、メールのやりとりを始める」

「何人くらいとメールするの」

「うーん、今回は八人だったかな」

　驚いた。ミノリも自分と同じ受験生だ。よくそんな時間をつくれるものだ。ミノリの欲望はカイより、ずっと深くて強いのかもしれない。カイは絵を描く人間なので、欲望の弱さにすこしだけ劣等感を抱いた。素晴らしい作品を仕あげるには、誰にも負けないような強烈な欲望が必要なのではないか。それはカイの心と身体のなかには、生まれつき存在しないものだ。

「毎日？」

「だいたいは毎日で、それを二、三週間は続けるかな。きちんとメールで会話ができて、頭も悪くなさそうで、ちゃんと仕事をしている大人の人。それで恋愛とか結婚とかにあせってない人を探すの。わたしは一生その人とつきあいたいわけじゃないから」

ため息をつきそうになった。ミノリの相手探しは恐ろしく時間と手間をくう。

「それなら、最初からひとりの相手を決めて、その人とだけすればいいのに」

「そうしたら、どうしてもきちんとつきあうってことになるじゃない。明日にもこの街をでたいのに、どうしてここでステディをつくらなきゃいけないの。春には絶対に別れるんだよ」

カイは黙ってしまった。自分もふくめてこの街の男たちはたぶんミノリの基準に達しないのだろう。それが淋しくもある。地方の街で一生まったりと生きる。それは危険がない代りに、スリルも大成功も望めない暮らしだ。ひきつるようにミノリが息を吸っていった。

「ときどきどうしてだろうと、不思議に思うんだ。どうして、わたしはこんなふうなんだろう。女友達みたいにサッカー部の誰かやアイドルにあこがれて、きゃーきゃー叫んだり、となりのクラスの普通の男子とつきあって普通の恋をしたりする。わたしはどうして、そういう普通のことができないんだろう。でも、あんなのつまらないし、くだらないと感じてしまう。みんなと同じになるなんて絶対嫌だって思ってしまう。わたしには、恋なんて、ぜんぜんわかんないよ」

カイは目を開いて、低い天井を見た。木目は子どものころから変わらないが、手を伸ばせば届きそうだ。この部屋は変わらないが、自分は成長したのだ。身体だけは。

「それはぼくだって、まったく同じだ。恋とか愛とか、ぜんぜんわからない。自分にそんなことが可能なのか、すごく不安になる。このまま一生誰にも恋しないで、誰にも愛されずに生きていく。つまらない絵を描きながらね。そう思うと夜も眠れなくなる」

ミノリの冷たい手がベッドからおりてきて、カイの頬にふれた。細い指の形をした地下水のようだ。カイの不安を心地よく冷ましてくれる。

「だいじょうぶ。もし、ほんとうにわたしたちに恋愛が不可能なら、ふたりでいっしょに生きていこう」

涙がでるような言葉だったが、カイの胸には淋しさが残った。

「今みたいに、決してつきあわないで、セックスも、結婚もしないで、ふたりで暮らすのか」

カイは慎重に恋という言葉だけはずしていた。

「そうだね。好きになっても、いつか別れなきゃいけない。結婚なんかしたら、絶対不幸になるしかない。わたしのまわりには幸福なカップルなんていないもん」

カイは家をでていった母親のことを考えた。ミノリの親も家庭内別居に近い状態だ。

「暗い話はやめよう。二十人目の報告の途中でしょ」

ミノリが寝た男たちの話をきくのが、好きなのか嫌いなのか、自分でもよくわからなかった。確かなのはひどく興奮して、ミノリが帰ったあとで必ずひとりですることだ。

「今度はどんなやつなのさ」

嫉妬が声にあらわれていないだろうか。カイはひやりとした。あわててつけ足す。

「二週間もメールのやりとりをするくらいだから、性格の悪い人じゃないよね」

ミノリは夏休みの昆虫採集をする少年のように冷静に観察していた。

「そうだね、悪い人じゃない。でも、今回のセレクトの決め手になったのは、体重が三桁あったことかなあ」

三桁？　百キロ超えか。ミノリにそういう趣味があったとはしらなかった。カイは慎重にいった。

「なんで、そういう人を選んだの？」

「そろそろ受験勉強も本格的にがんばらなきゃいけないでしょう。つぎの人がこの街で最後の相手になるかもしれない。今までセックスしていないタイプは、どういうのかなあと考えたら、すごく太っていておおきな人っていなかったんだ」

ミノリにとって男性もヘラクレスオオカブトも変わらないのかもしれない。カイは口を閉ざした。熱がはいってくると、ミノリの言葉はとまらなくなる。

「その人は転勤できている食品会社の営業マンだった。一日中、ワゴン車で市内のスーパーをまわっているんだって。こちらにきてまだ半年くらいで、友達もいないし、当然彼女もいない」

ミノリはこの街ではなく、電車で三十分ほど離れた県庁所在地で、相手を探すことが多かった。

「言葉づかいもていねいだったし、仕事もきちんとしている。年は三十一歳」

十三歳も年上の営業マンか。恐ろしく大人だ。その大人の男を相手にするミノリも、恐ろしく大人だった。

「自分の年はどうしてるの？」

ハハッとミノリが短く笑った。

「メールでは二十歳にしてる。県内の女子短大生。あまり頭がいい大学でも、年が若すぎても、みんな引くんだよね」

カイも笑いそうになった。

「いきなりミノリに会って、相手はびっくりしたんじゃない」

男でも女でも、整った顔立ちは平均値に近いという。ミノリの顔には強い個性はないけれど、バランスが完璧だ。鏡のようなもので、見る人はいくらでも自分の望む性格を投影できる。それは清純さだったり、幼さだったり、欲望の強さだったりするのだろう。

「驚いていたかもね。ぼけた写真は送ってあったけど、ほんものじゃないと思ってたみたい。写真よりかわいいって、よろこんでたよ。県庁の近くの橋のたもとでワゴン車に拾ってもらった。ちゃんと彼がいう食品会社のロゴが車には描いてあったよ」

カイはミノリが初めて男たちと接触する瞬間には、いつも危険を感じた。ミノリは慎重だが、ネットにはどんな男が潜んでいるかわからない。もっともその危険もミノリにはスリルなのかもしれない。

「彼は……彼はなんてめんどくさいね、じゃあジャイアンにしよう……ジャイアンは自動車のシートからはみだすくらいおおきなお尻をしてた。体重がどれくらいあるかきいたら、恥ずかしそうに百二十キロだって。シートベルトがぎりぎりだって笑ってたよ」

カイはなんとかミノリの立場になろうとした。まったく不可能だ。自分の重さの倍ある女性とセックスするところを想像できない。

「ジャイアンは夕方事務所にもどるまで、時間があるといった。そのまま営業用の車で、郊外にドライブにいったんだ。運転の仕方やわたしに対する態度で、とても繊細でよく気がまわるタイプだってわかった。ちょっと気が弱いところもあったけどね。経験からいうんだけど、そういう人のほうがエッチはいいんだよね。オラオラ系の人より」

カイはまた心のなかに一行メモを残した。繊細な小心者のほうがセックスはうまい。

「ファミレスでお茶をして一時間以上話して、またドライブにもどろうとする。わたしはその日にするつもりだったから、がっかりした。アイスオレをのむためにわざわざいったわけじゃないもの」

「で、ミノリから誘った?」

自分の部屋の暗闇が心地よかった。幼馴染みの吸う息の音がきこえて、低い天井に反射した声をひどく近く感じる。ミノリが一番色っぽいのは、顔でも身体でもなく、秘密を包み隠さず明かすこの声かもしれない。

「そう。街に帰る時間を計算すると、あと一時間半しかない。短いけど、これからホテルにいこうって」

「その人、どうした?」

手を打って、残酷な美少女が笑った。

「びっくりしたよ、わたしのほうが。だって、見てるあいだにぽとぽとすごい量の汗を流して、シャツがびっしょりに濡れて透けちゃったんだ。女の人みたいに胸があるんだけど、乳首が見えたから」

よくそんな男と寝られるものだ。ミノリの冒険心とストライクゾーンの広さに感心する。

「ホテルに着いたら別々にシャワーを浴びた。ジャイアンはわたしの倍くらいかかったな。でも、予想どおりエッチはよかったよ」

「さっきの、うまいっていう話？」

ミノリはベッドに横たわり、腕を組んだ。

「うーん、それもある。ラブホは国道沿いにある古いところで、ベッドの横に鏡が張ってあったんだ。わたしに体重百二十キロのジャイアンがのっている。その絵にすごく興奮した。わたしはこんな人にやられているんだ。めちゃくちゃにされて、やわらかな肉に押し潰されそうになっている。そう思ったら、なんだか急にいっちゃった」

へへへとミノリが舌をだしていた。カイはベッドのわきの床に座って、ペニスを硬くしていた。

「でも、ジャイアン自身はすごくやさしいんだよ。上半身を支える腕がぷるぷる震えてた。体重を全部わたしにかけたらいけないって、がんばってくれてたんだね、きっと。やさしくて、やわらかな脂肪のかたまりに、大切に犯されてる感じかな。ジャイアンはわたしをお姫さまみたいにあつかってくれた」

それなら、カイにもわかるような気がした。ルノワールやゴーギャンが描く裸婦はみな肉づきがいい。あの絵のモデルに抱かれたら、きっとそんな天国が見られるのかもしれない。

「わたし、ときどき不思議に思うんだ。どうして、うちのクラスの女の子はアイドルとか声優とか、顔はいいけど薄っぺらな男にばかりあこがれるんだろう。みんな一度、ジャイアンと寝てみればいいのに」

外見に自信はないけれど、頭がよく、繊細で、よく気がつく普通の男。そんな男に姫のようにあつかわれるよろこび。きっとミノリは同世代の少女たちより、十年ほど先にすすんでいるのだ。

「ジャイアンのこと気にいったみたいだね。しばらくつきあうの？」

海から吹く風が屋根の端で笛のような音を立てた。ミノリの家とカイの家の境に立つケヤキが全身を揺らしている。風が強くなってきたようだ。そろそろミノリは自分の家に帰る。カイは肉のかたまりに埋まるように抱かれるミノリを想像して、ひとりですることだろう。

「ううん、それはない。あと二回デートしたら、受験勉強がんばるよ。もし、不合格になって、もう一年この街にいることになったら、わたしおかしくなるもの」

カイが笑い、ミノリも笑った。自分よりもおおきな、それでいて自分のどこから湧きあがってくるのかさえよくわからない欲望。そんなものに振りまわされて、世界中の人間が今も生きている。カイもミノリも、ジャイアンも、学校の教師や学習塾の講師もみな、愛すべき愚かな動物にすぎなかった。

ミノリの秘密を分けあったあとで、いつもそうするようにふたりは、しばらくのあいだ黙って風の音をきいていた。カイの胸の奥にあるミノリだけしかはいることのない部屋は、その夜もすこしだけ豊かになった。

大学受験は、カイが恐れていたとおりの結果になった。

ミノリは東京の一流といわれる私立大学の経済学部に合格した。学部はミノリの父のすすめで、当人にとって意味はなかった。第一の目的は故郷の街を離れ、東京にいくことだった。同じくらい重要なのは、東京にいる男たちだ。それをしってるのは、故郷の街でカイだけである。

カイは県庁所在地にある国立大学の美術科を受験した。実技試験では文句なしだったが、センター試験の点数が足りず不合格になった。県展で上位入選を果たしているカイに、教授たちはやさしく、来年待っているからがんばれと声をかけてくれた。

春からカイは予備校にかようことになった。新幹線のとまる駅の正面に建つビルの三階から七階を占める巨大予備校だった。受験産業は地方では、地域の経済を支える重要な柱になっている。

カイがミノリを見送ったのは、新幹線のホームだった。ミノリが決めた部屋は大学近くのワンルームマンションで、荷物はすでに送ってあった。身のまわりのものだけをいれたバッグひとつの軽装である。浅い春でまだ風は肌寒かったが、ミノリは勇敢なミニスカートだった。白く滑らかで長い脚は、ミノリのチャームポイントだ。

カイの両手には紙袋がさがっていた。カイの父やミノリの両親、高校の友人たちからの餞別《せんべつ》である。この地方の特産が多かった。アジの干物や練りものや海藻だ。

「悪いけど、カイのほうでそれ処分してくれない?」

カイは困った顔をした。どれも新鮮な食品で、みなの気もちがこもっている。

「処分って、どうすればいいんだよ。うちにもって帰るわけにもいかないし」

「誰かにあげるか、捨てちゃえば。わたしは干物くさいショッピングバッグもって、東京にいくなんて絶対嫌だからね。その袋だって、そこのじゃない」

ホームから見える駅ビルのロゴをミノリが指さした。二十年来変わらないロゴマークだ。袋は餞別で不格好にふくらんでいる。カイはホームのゴミ箱に目をやった。燃えるゴミ、燃えないゴミ。たぶんこれは全部燃えるほうだ。

ミノリはカイとは別な方向をむいている。その先にガラス箱のような待合所があった。

「カイ、きて」

先に立って大股で歩いていく。カイは両手に紙袋をさげて、あとを追った。待合所の自動ドアを抜けると、関西弁がやかましかった。中年女性の集団がベンチの半分を占領している。ミノリが笑顔で、感じのいい声をだした。

「あの、すみません。ちょっと失礼だとは思うんですが、お土産が余ってしまって。わたし、ひとりではたべきれないし、どなたかにお裾分けできたらと思って」

ツイードのシャネルスーツもどきを着た人がいった。

「あら、若いのによく気がきくわあ。うちの子なんて、わたしがもたせたお弁当、口にあわないって捨てたりすることあるんよ。そいで、なにもってはるの」

相手もよくわかっているようだった。その言葉が餌になってか、女性たちはカイに群がった。紙袋から順番にとりだしていく。

「アジとサワラとキンメダイの干物、紅白の蒲鉾《かまぼこ》、焼き海苔《のり》と海苔の佃煮《つくだに》、あとはウナギの白焼きなんかもあります。お好きなものをどうぞ」

「うわー、うれしいわあ」

ミノリが囁いた。

「いこう、カイ」

紙袋をベンチにおいて、そのまま立ち去ろうとする。シャネルもどきの女性がいった。

「あんたら、お似あいやね。東京でお幸せに」

カイは否定しようと振りむいた。ミノリとは幼馴染みであらゆる秘密を分けあっているが、恋人でも身体の関係があるわけでもない。ミノリがさっとカイの腕をとって、両手で抱える。おおきくはないがやわらかな胸に、カイのひじがふれた。

「はい、ふたりで幸せになります。さよなら」

うちの息子の嫁に欲しいくらいだと、誰かがいっていた。ミノリに腕をとられたまま待合所をでていく。

「手を離してよ。つきあってもいないのに」

ミノリはさばさばといった。

「別にいいじゃない。二度と会うこともない人たちなんだから。ほんとにわたしたち、お似あいに見えたんだよ、きっと」

ふたりはホームの中央で、駅まえの光景を見ていた。あまり話すこともなくなっている。前日もミノリの二十一番目の男についてカイは報告を受けたばかりだった。今度はラーメンチェーンの社長で、この街にはめずらしいポルシェに乗っていたという。身長はミノリよりも四センチ低かったそうだ。

定刻に水鳥のくちばしのような形の列車が、春の光とともにホームに滑りこんできた。生ぬるい風が巻き起こる。ミノリが髪を押さえていった。

「カイ、なにかあったら絶対、わたしに教えてね。メールでも、電話でもいいから。それと、できたら月に一回でもいいから、直接会って話がしたい」

目のまえを最新型の客車がぬめるようにすぎていく。カイも声を張った。

「わかった。でも、浪人生だし、当分報告するようなことなんてないよ」

「わたしね、ああいうことするのも興奮するけど、そのあとでカイに話すのも同じくらい燃えるんだ。カイになにもなければ、わたしががんばるから」

笑ってしまった。同時に胸の奥が熱くなった。新幹線が停車し、ドアが開いた。乗客が乗りこんでいく。ミノリは最後に乗りこむと、乗車口に立った。発車ベルが鳴り始める。

「ちょっとカイ、耳貸して」

カイはホームに残ったまま、上半身をかたむけた。顔が近い。ミノリの息が耳の奥にはいってくる。

「どんなに遠くに離れても、わたしたちはいっしょだからね」

カイの頬にやわらかなものがふれた。ねばるように離れていく。ミノリにキスされたのだ。これではほんものの恋人同士だった。カイの胸は激しく乱れた。

「またね、今夜寝るまえ電話する」

ベルが鳴りやみ、ドアが閉まった。カイは返事ができなかった。閉じたガラス窓のむこうで、ミノリの目が糸を引いて流れていく。カイは無人になったホームで、頬を押さえひとり立ち尽くしていた。春の午後の空虚さがひどく憎らしかった。

英語の長文読解は人気の授業だった。三百人ははいる大教室が、ほぼ満席になる。講師はときどきテレビのクイズ番組でも活躍する、長髪であくの強いサングラスの男だ。カイは一番うしろの席で、バインダーを広げていた。声はマイクでよく届くし、板書は二台あるプロジェクターでスクリーンに投影されるので、どこに座っても問題はなかった。スティーブ・ジョブズが講演しそうなハイテク教室である。

「となり、空いてますか？」

ふくよかな声が頭上からきこえた。顔をあげると、困った顔をした少女が立っていた。丸いのは声だけでなく、目も、眉も、頬も、あごも丸かった。カイは横にずれて、席を空けてやった。ジーンズの太ももと尻も丸い。丸顔の少女がちいさな声でいった。

「佐久真さんですよね。県展で銀賞を獲った」

「そうだけど」

「わたしも国立の美術科志望なんです。有沢《ありさわ》先生にききました。佐久真さんの作品は以前からずっと見てました。うちの高校の美術部では有名でしたから。あの、わたし、岡《おか》崎《ざき》ミキです」

丸い顔が真っ赤になった。カイは驚いて、相手を見つめていた。

「あの、このあと時間があったら、お茶しにいきませんか。お話をききたいんですけど」

マイクの音量が急にあがった。サングラスの講師がいった。

「ほら、最後列のきみたち、愛を囁くなら講義のあとにしなさい」

拍手と歓声が大教室に沸き起こった。カイはミキとともに顔を赤くした。それがカイと岡崎ミキとの最初の出会いだった。報告することなどなにもないといった別れの日から、一週間もたたないうちに、カイはその後生涯をともにする相手と交通事故のようにでくわしたのだった。


カフェテリアは最上階の七階にあった。校内だが普通のコーヒーだけでなく、カフェオレも、カフェマキアートも、カプチーノもある店だった。テーブルとイスは白塗りの北欧デザインだ。

ミキの名が美しい樹《き》ではなく、未来の樹であることはそのカフェでわかった。ミキは市の中心部にある県立の進学校三年生だという。

「わたし、県展で佐久真さんの作品を見て、こんなすごい絵を描ける同世代の人がいるんだって衝撃を受けました」

すぐ顔が赤くなる癖がミキにはあるようだ。もう三十分近く話しているし、アイスコーヒーも二杯目だった。ほめられることが苦手なカイはちいさな声でいった。

「……ありがとう」

「やっぱり将来は、画家になるんですか」

ミキは素直で単純なようだった。デリケートな質問を無邪気にしてくる。

「できればそうなりたいけど、プロになるのはたいへんだから」

「佐久真さんなら、絶対だいじょうぶです。わたしには無理だけど、佐久真さんがなれないなら、ほかに誰もなれないです」

声にあきらめに似た調子がある。カイも質問した。

「岡崎さんは、美術科にいってどうするの」

「さあ、わからないけど、どこかの中学の美術の先生かな。さっきのサングラスの先生みたいに、創ることはできなくても人に教えることならできますから。でも……」

ミキが伏せていた視線をあげた。見開くと、ほとんど真円に近いほど目が丸くなった。ミノリと違って、暑苦しい感じだ。

「……一生自分の絵を描き続けようと決めています」

カイはこれまで絵を描く多くの学生と会ってきた。うまい者も、へたな者もいた。力のある絵を描く者も、そうではない者もいた。だが、これほどまっすぐに一生絵を描き続けると断言する人に会ったことがなかった。カイの胸のなかにも同じ気もちが確固として存在したが、それをミノリ以外の人間にいったことはない。

「岡崎さんは強いね」

あわてて丸い指をした手を振る。頬がますます赤くなった。いそがしい子だ。

「ぜんぜん強くなんてないです。自分の力はわかってるつもりですけど」

カイはぬるくなったアイスコーヒーをのんだ。底にシロップがたまっていて、ひどく甘い。

「ぼくも自信がなくて、人にはいえなかった。うまい人はたくさんいるけど、画家になれる人はほんのわずかだし、自分には無理かもしれない。だから、人にはいわなかった。誰かにいってできなかったら、その人を裏切ってしまうような気がして」

カイはミノリのことを考えていた。ミノリならば、いくら裏切ってもいいのだろうか。かなわなかった夢も、実現できなかった計画も、未遂の欲望も、すべて隠さずに打ち明けることができる。ミノリのまえでは恥ずかしいことなど、なにひとつなかった。相手が男でも女でも、そういう相手に巡りあえたことは一生の幸運なのかもしれない。

テーブルにおいたカイの手に、ミキの手が重なった。丸い顔は真剣だ。

「そんなこといわないでください。佐久真さんは一生描き続けなくちゃいけない人です。わたしのは趣味みたいなものだけど、佐久真さんは違う。たくさんの人の心を動かすのが佐久真さんの使命です」

てのひらの肉が厚く、体温も高かった。急に毛糸の手袋でもかぶせられたようだ。カイは苦笑していった。

「サクマ、サクマって繰り返すのやめてくれないかな。今から、カイでいいよ。友達はみんなそう呼んでる」

「じゃあ……あの……カイさん……うわあ、これ、ものすごく照れますね、じゃあ、わたしのほうもミキでいいですから」

ミキがじっとカイを見つめてきた。しばらく待って、じれったくなったミキがいう。

「ほら、呼んでみてください」

今度はカイが困る番だった。ミノリにならいくらでも呼び捨てにできるのに。

「わかった……じゃあ、ミキさん」

カイとミキの最初の呼び交わしはある春の午後、駅まえにある予備校のカフェテリアで起こった。それはミノリと別れたホームから百メートルと離れていない場所である。

「その子は完全にカイのこと好きだよ」

その夜、報告の電話をかけると、ミノリは自信たっぷりにそういった。

「もしかしたら、カイが席につくのを待ってから教室にはいって、声をかけてきたのかもしれない。偶然の振りして、全部作戦どおり。かなり執念深いタイプかもね」

カイは学習机にむかい、左手で電話を、右手でクロッキー帳にいたずら描きをしていた。線を引き、ケヤキを描き、ついでにミノリをつけ足す。考えなくとも、右手は勝手に動いた。

「執念深い感じはなかったけどね。ミノリみたいになんでもきちんと計画を立てるほうがめずらしいんだよ」

最初のデートまで数週間、メールで相手を探るのだ。つきあい始めから、どうやってきれいに別れるかを考えているのは、カイのしる限りこの幼馴染みだけだった。

「まあ、いいや。それより丸いこと以外で、その子はどんな顔だったの。あとスタイルとか覚えてない？」

カイはその日会ったばかりの人のことを、よく見ていなかった。記憶のなかには真っ赤になって、困ったように笑う笑顔の雰囲気しか残っていない。けれど、カイは絵を描く人間だった。頭は覚えていなくとも、手は覚えているかもしれない。

「ちょっと待って。絵にしてみる」

「得意だもんね、カイ。警察にはいって似顔絵捜査員になれば」

肩からうえのクローズアップと全身の絵を描いていく。顔は肩幅に比べ、ややおおきいようだ。目鼻立ちははっきりしていて、どのパーツもおおきくて丸い。髪はストレートのロング。カイは続けて、ジーンズと飾り気のない白いコットンブラウスのミキの全身をスケッチした。足元はヒールのないパンプスだったはずだ。このバランスで間違いはないだろう。カイのデッサンはめったに狂わない。

仕あがった絵を見て、カイは驚いた。

「身長は百六十五センチよりすこし高いかな。顔はややおおきめで、すごく美人というわけじゃない。ミノリのほうがぜんぜんきれいだ」

鼻で笑って、東京のミノリがいった。

「まあ、それはそうだよね」

カイはミキの全身像に4Bの鉛筆で陰影を加えていった。

「だけど、全身のボディバランスがすごくいいみたいだ。グラビアの子みたいだよ」

「どういうこと？」

ただ胸と尻がおおきいだけではダメだった。カイはたくさんの石膏デッサンで学んでいた。肉や脂肪よりも骨格のほうが大切だ。胴体のバランスと、それに釣りあう手足の長さが欠かせない。ウエストや腰は無理に細い必要はなかった。ミロのヴィーナスには、ほとんど腰のくびれはない。

「すごくスタイルがいいんだ。ぼくは教室で着衣とヌードのデッサンをたくさんしたけど、こんなにいいバランスをした身体は初めてだ。アイドルとか女優には太すぎるだろうけど、絵にするには最高かもしれない」

ミノリはしばらく黙っていた。

「その彼女、わたしより絵にするといいの？」

カイは今も同じモチーフを描き続けている。木と少女である。モデルはあの境界のケヤキとミノリだった。

「そんなことわかんないよ。思いだしてちょっと描いてみただけだから。でも、外国の女優さんみたいな豪華な身体なのは確かだ」

「アンジェリーナ・ジョリーとか、モニカ・ベルッチみたいな」

しかたなくカイはいった。

「どっちも近くで実物を見たことないけど、その縮小版みたいな感じかな」

ミノリがあっさりといった。

「だったら、この夏、カイのやるべきことは決まったね」

「なんだよ、それ」

「だからさ、そのミキっていう子を脱がせて、自分のモデルにすること。それしかないでしょう」

考えただけで、汗が噴きだしてくる。今日初めて会話を交わしただけの相手だ。

「なんでそんなことしなくちゃいけないんだ？」

カイの声がすこしだけおおきくなった。廊下をはさんだ寝室で、父親が寝ている。カイは携帯電話の送話口を押さえた。

「別に彼女のことを好きなわけでもないし、つきあう気もない。ぼくは浪人生なんだぞ。

来年、国立に合格しないと、たいへんなことになる」

父は公務員だった。東京の金のかかる私立大学はあきらめるようにいわれていた。この街の近くには美術を学べる国公立はひとつしかなかった。

「受験なんて、だいじょうぶだよ。カイには絵の力がある。なんなら、夏休みにそっちに帰って、わたしが勉強見てあげる。とにかくその子、脱がせちゃいなよ」

ミノリがなにを考えているのかまったくわからなかった。試験の成績ではミノリに勝ったことがないカイだ。家庭教師は悪くないかもしれない。

「それで、どうするのさ」

投げやりにカイがいうと、即座にミノリの返事がもどってきた。

「わたしとその子、どっちがいい絵になるか、比べてよ」

ミノリは真剣だったのだ。県展のあの絵を、何度もひとりで見にいったといっていた。ミキに嫉妬しているのだろうか。なぜか愉快だった。

「わかった。モデルになってくれるように頼んでみる」

「それがいいよ。わたし、明日一限あるから、もう寝るね」

無理してだしたような明るい声だった。カイもミノリの芝居に乗った。

「わかった。ヌードデッサンの傑作を描いて、ミノリに見せてあげる」

おやすみといって、電話が切れた。カイは自分の机のうえを見つめた。白いクロッキー帳の平原の中央に一本のケヤキ。その両脇にサマードレスのミノリとジーンズのミキが立っている。ミノリは細く、ミキはふくよかだ。タイプは異なるけれど、どちらも完璧な骨格だった。

頭のなかでふたりが着ている服を脱がしそうになって、カイはため息をつき、大判のノートを閉じた。

9

その夏もカイは木を描いていた。

ミノリのいなくなった家との境界に立つケヤキは、細かな枝の先々まで緑の葉を茂らせ、風の強い海辺の丘に絶え間なく音楽を降らしている。この木を描き始めてから、もう十五年近くたった。カイはその音をシャワーのように浴びながら、ひざのうえにおいたクロッキー帳にデッサンを続けた。

なぜ自分は飽きないのだろうか、カイは手を動かしながらときどき不思議に思うことがあった。デッサンなら千枚を超え、完成した絵も百枚以上あるだろう。だが、飽きるどころか、描くほどむずかしさを発見して、おもしろくなってくる。

考えてもこたえなど見つかるはずがなかった。頭でわかることなど、ほんのわずかにすぎない。ミノリは頭がいいので、頭をつかう。自分はあまり頭がよくないので、その代りに目と手をつかう。気づかなかったことが、絵を描いているうちにだんだんと理解できるようになる。それこそカイがなにかを考えるときの方法で、たくさんの紙と鉛筆、キャンバスと絵の具、そして時間を必要とするのだった。

カイは受験生だったが、あせりはなかった。

美術科の合格には、あと三十点足りなかったのだ。一年間の予備校通いと自宅での勉強を続けていけば、その差を埋めるのはさしてむずかしくないだろう。心配なのは、むしろ実技試験のほうだった。試験官は好意的だったとはいえ、カイの絵をすでに一度見ている。絵画の場合、初見の新鮮さは圧倒的だ。同じものを見せたのでは、絵の力がさがったと判断されてもおかしくなかった。前回よりもっといい作品を仕あげなければならない。せっかく一年も美大受験に専念できる時間があたえられたのだ。カイはお情けで合格するつもりはなかった。ただ受かるだけでは十分ではない。圧倒的な作品で合格したかった。

それはミノリに対する証明だったのかもしれない。幼馴染みは東京の大学で全国から集まった優秀な学生と勉強しているだろう。それに比べ、自分は生まれ育った海辺の街で、予備校生として足止めをくらっている。カイは東京という怪物のような街にコンプレックスはなかったが、ミノリがひとりで先にすすんでしまうのが怖かった。時代の変化からとりのこされて、ミノリから相手にされないような田舎の青年になってしまうのが、なによりの恐怖だった。ミノリをつなぎとめるには、専門の美術の世界で名をあげ、誰からも認められる存在にならなければいけない。カイのあせりは受験ではなく、ミノリにおいていかれる恐怖から生まれていた。

そのミノリとは週に一度の長電話が続いていた。メールで時間を約束し、入浴をすませた夜十時にベッドで待つ。実際のデートよりも、この時間のほうがカイは好きなくらいだった。それから日付が変わる時間まで二時間ほど、おたがいの近況を報告しあう。ミノリは東京の大学にすすんで、最初の数カ月でいきなり体験した男の数を数倍に伸ばしていた。

「東京って、やっぱりすごいね」

カイは熱をもってだるくなった足の裏を、冷たい壁にあてていた。やはり電話の声はひどく生なましい。声の湿り気まで感じさせるのは、特殊な音声再生技術でもつかっているのだろうか。

「でも、東京って怖いところなんだよね」

「うーん、そんなことないよ。なにしても命までとられることはないもん」

いきなり飛びだした命という言葉にびっくりする。本気で異性と遊ぶとき、女の子はそんな危険まで想定しているものなのか。

「こっちとなにが違うのさ」

「とにかくおおきいんだよ。街がたくさんある。普通の街が二十とか三十とかある感じかな。ほら、そっちだとみんなが集まる店とか決まってるじゃない。誰かが誰かのしりあいで、初めて会った人でも、噂はきいていて名前はしってるみたいなさ」

カイには逆にそれが心地よかった。安全で快適で、ぬくぬくと居心地がいい。

「東京ではそれがぜんぜん違うんだ。電車に乗って、駅をひとつ移ると、そこにはぜんぜん別な街があって、別な種類の人がたくさんいる。誰もわたしのことなんてしらないし、自分の好きなことをやっていて、誰も人に文句なんていわない。なんか、わたしのためにあるようなところだよ。ビルが高くて、空も高くて」

ガラスのビルとビルの隙間からのぞく高い空のした、白く輝く太ももをさらし姿勢よく歩いていくミノリの姿が浮かんだ。となりには顔のないひどくスタイルのいい男が肩をならべている。カイは嫉妬しそうになったが、その無駄をすぐに悟った。男たちはデジタルの数字のようにくるくると入れ替わる。いちいち気にしていてもきりがない。第一、東京のおしゃれでセンスのいい男たちに、自分がかなうとも思えなかった。

「それで、最近の獲物は？」

声にうんざりした感じがうまくだせただろうか。ふふふと低く笑って、ミノリがいった。

「ちょっと目覚めたことはあるかも」

赤いロープで縛られたというのは先月だっただろうか。きれいなレズビアンの女性に二時間も全身を舐められたこともあったはずだ。

「まだミノリがやってない新しいことがあったんだ」

「ははっ、それはあるよ。今は夏だし」

季節と性行動になにか関係があるのだろうか。カイにとって四季は外側の自然のなかを流れていくものだった。春だから、夏だから性欲が強くなるということもない。

「実はわたし、昔から外でやってみたかったんだよね」

カイには衝撃的だった。

「そう……」

「ちょっと引いた？　でもさ、カイだって部屋のなかで絵を描くのと、外で描くのとでは全然違うでしょう。ほら、昔いっていたじゃない。印象派の画家たちは絵を描くことを、室内から屋外の自然のなかにもちだした。それであんなふうに光や風を描けるようになったんだって」

そこで起きたのは、神話や史実といったモチーフからの解放だった。美術史の教室で学んだばかりのカイは、ミノリにそんなことをいったのだろう。人は覚えたての知識を、すぐ誰かにいいたくなるものだ。

「同じ外でするのでも、絵を描くのと、セックスは違うよね」

「それはそうだよ。昼間の明るいところでは堂々とできないもん。わたしがやったのは、真夜中の歩道橋のうえと、終電が終わったあとのホームの端っこ。あとは高田馬場《たかだのばば》のガードしたでもやったかな」

音がしないようにごくりとつばをのんで、カイはいった。

「すごいね」

「ほんとに。わたし、そっちでも一度でいいから外でしてみたかったんだよ。でも、さすがに誰かに見られたら、もうアウトでしょう。狭い街で暮らしていけなくなる。ずっと我慢してたから、最初は大興奮しちゃった」

「そうなんだ」

カイはまったく別な場面を思い描いていた。朝のニュース番組のタイトルバックに流れる渋谷のゼブラゾーンやお台場《だいば》のレインボーブリッジのぴかぴかの風景だ。カメラがだんだんとズームアップしていくと、ミノリが笑いながらセックスをしている。のびやかな身体は、当然全裸だ。顔のない男のうえにまたがったり、橋の欄干に手をついて尻をだしたりしている。ミノリは印象派の裸婦像のように、内側から輝くようだった。カイのペニスはロケットでも打ちあげたように、即座に硬直した。

「最初のときはね、青山《あおやま》通りだったんだ。バーでしりあった人だったんだけど、ラブホにいくのは面倒だし、ちょっとおもしろいことしようって誘われて。三十代の、どんな仕事してるかよくわからない人。妙に日焼けしてたな、胸のボタンをみっつくらい開けてる感じ。東京はそういう人が多いんだよ。その人に手を引かれて、わたしは夜の街にでていった」

カイののどはからからだった。

「ちょっと待って。東京は人出がすごいんでしょう？」

「そんなことないよ。夜中でも人がいるのは、渋谷とか六本木《ろっぽんぎ》とかの駅の近くぐらい。繁華街でも夜中はそんなに人はいないよ。そのときの青山通りなんて、自動車は走ってるけど、歩いてる人なんてぜんぜんいなかったもん」

青山といえば、渋谷のとなりくらいの街だ。それでも、そんなに違うのか。ミノリから得る東京のトリビアはなかなか楽しかった。

「だんだんと歩道橋の階段をあがっていく。わたしにひとりで先にいけって、その人はいうんだ。うしろからわたしの足やお尻を見たかったのかもね。ときどき、太もものあいだに手をいれてきたりして。あれはすごい燃えたな」

カイはミノリに手をとられて、一度だけ太ももにふれたことがあった。もしかしたら、ミノリの身体のなかで一番魅力的なのは、あの長くて白くてすべすべした太ももかもしれない。

境界に立つケヤキをカイは思いだしていた。あの梢を削る風は、東京でも吹いているのだろうか。

「風は吹いてた？」

「うん、夜の風が気もちよかった。人は誰もいない。すごい高さのツインタワーと赤坂《あかさか》御用地《ごようち》の緑があるだけ。足のしたをすごいスピードで自動車が走っていく。しってる、カイ？　青山のあたりは半分以上が外国のクルマなんだよ」

開いた足のあいだを銀色のスポーツカーが走り抜ける場面が浮かんだ。おもしろい絵になるかもしれない。

「手すりに手をついてお尻をむけると、その人もすぐにコットンパンツのまえを開いた。わたしの手をつかんで、自分のをさわらせる。一番びっくりしたのは、その人ちゃんとコンドームをつけてたことなんだよね。だって最初からつけとくなんて無理でしょう」

やわらかな状態での装着は不可能だ。バーで話しているあいだ、ずっと硬直させていたのだろうか。

「それ、どうしたの？　わたしがきくと、彼はいったの。レジにいくまえに、トイレに寄ってつけてきたって。きみを傷つけるのは嫌だからねって」

東京の夜に生きている不思議な男たちを考えた。そういうことがたまにあるので、避妊具は準備しているのだろう。手慣れている。大人だ。

「わたしはちょっと感動した。酔っていたし、まあ生でもいいかって思ってたから」

　カイはまじめな弟のように忠告した。

「ミノリ、妊娠にだけは注意したほうがいいよ」

　性病については怖くてなにもいえなかった。カイには経験がないし、周囲の誰ひとりそんな病気にかかった人はいないようだ。この世界にそんなものがほんとうにあるのだろうかと、思ってしまう。

「わかってる。自分の身体だからね。すくなくとも、今のところ妊娠も病気も一度もないよ」

　よかった。ミノリはまだ汚れていないとカイは安心した。数十人の男と寝ても、カイのなかではミノリはケヤキのしたで初めて出会ったときの幼いイメージに、すこしも傷がついていなかった。

「外でのセックスはどうだった？」

「うーん、ものすごく興奮したけど、いかなかった。時間も短かったしね。でも、誰かとつながってるあいだに、外の風に吹かれるのは、すごく気もちよかったよ。なんだか自由になれた気がした。自分の身体も風とか木とかと同じで、自然の一部なんだなって」

　カイはペニスを立てたまま考えた。

「それは、ぼくの感覚と同じなのかな」

ミノリがくすくすと笑っていった。

「カイも外でオナニーしてるの？」

「いや、違うよ。ぼくがあのケヤキを描いているときも、ずっと同じような感覚がある。木を描いて、木と同じになる。自分も自然の一部になるっていう感じ。おおきな命の一部に自分も参加している一体感というか」

ミノリが感心したようにいった。

「そんなこと考えてたんだ。カイってすごいね」

「そっちこそ。歩道橋のうえでその日に会ったばかりの人とセックスして、ミノリはそんなこと考えてたんだ。そのほうがすごいよ」

急にミノリが真剣になった。

「夜の歩道橋でするような女の子は、嫌い？」

いや好きだとこたえそうになって、カイは迷った。その言葉は今この場合には適切ではない。

「……ぼくはミノリのことを信じてる」

「信じてる？」

「うん、ずっといっしょで、ずっと変わらない。みんなが大人になって、世界中が見たことのない場所に変わっても、ミノリは変わらないって、信じてる」

ミノリの声がかすれていた。

「カイも、変わらないよね。わたしのそばにずっといてくれるよね」

「うん、変わらないよ」

ずっと近くにいることはできないかもしれないと、カイは思っていた。この電話をしている瞬間も百五十キロは離れた場所にいる。心はこんなに近いのに、距離はこれほど離れているのだ。ミノリがいきなりいった。

「カイ、あのミキっていう子とは、どうなったの」

「別にどうにもなってないよ。おたがい受験生だし」

「いい？　あの子をちゃんと口説かなくちゃダメだよ。わたしがほかの男と遊んでるんだから、カイも誰か素敵な子を見つけてよ。カイが幸せじゃないと、わたしも心おきなく楽しめないよ。絶対だよ」

カイは居心地が悪くなって、ベッドで体勢を変えた。ごろごろと転がり別の端に移動する。

「そんなこといって、どうすればいいんだよ」

「カイには絵があるでしょう。その子だって、美術科志望なんだし」

「だから、どうすれば……」

「モデルだよ。カイの絵のモデルになってもらえばいいでしょう。できればヌードで」

ミキのヌードを想像した。あの骨格と肉づきなら、さぞいいモデルになるだろう。『浴女たち』『陽光の中の裸婦』『パリスの審判』。カイの頭のなかに裸婦を描いたルノワールの作品のいくつかが浮かんだ。ミノリが近くにいない今、自分が描きたい女性はミキだけかもしれない。

「わかった。ダメかもしれないけど、がんばってみる」

「それがいいよ。ダメなんてことは絶対ないからね」

壁の時計の針はどちらも頂上に近づいていた。明日も朝から予備校がある。カイは東京で自由になったガールフレンドにおやすみといった。いつもなら電話のあと、ひとりでするのだが、その夜はそのまま寝てしまった。


「カイくんのお願いって、なあに？」

いつもの予備校のなかでは話ができなかった。カイはミキを駅前の古い喫茶店に呼びだしている。どこかからナポリタンの甘いケチャップの匂いが流れてきた。ミキの白いTシャツは襟ぐりが広く開いて、胸元の健康的な肌がのぞいていた。血色のいいピンクの薄い肌。ルノワールだ。

「いや、それが……」

ミノリのいうことにいつも間違いはなかった。けれど、今回だけは無理なのではないか。だいたいミノリにも絵のモデルになってくれと頼んだことはない。ああしたものは、自然にそうなるのが普通なのではないだろうか。テーブルにおいたアイスコーヒーのグラスが曇ると、水滴をだらしなく垂らしていく。自分の首筋や額も同じだろうと思うと、さらに汗をかいた。ミキもカイに負けずに緊張しているようだった。

「そんなに暗い顔しなくていいと思います。あの……つきあいたいとかいうことじゃないんですよね？」

男女がつきあうという言葉の意味が、カイにはよくわからなかった。ミノリとはやはりつきあっていないのだろうか。別れたガールフレンドとは、ほんとうにつきあっていたのか。考えるたびにわからなくなる。

「そういうことじゃないと思う」

がっかりしたのか、安心したのか、ミキの丸い頬を見ているだけではわからなかった。

「じゃあ、ぜんぜんだいじょうぶです」

なにがだいじょうぶなのだろうか、カイにとってミノリ以外の女性の心は謎だった。ミノリとはどうしてあんなに自由に話せるのだろう。カイは駅前の喫茶店ではなく、風の丘の家に帰りたかった。あそこで風に吹かれながらならば、きっともうすこし楽にミキとも話せるだろう。カイは思い切っていった。

「モデルになってもらいたい」

ひとつ離れたテーブルでは若い会社員がパソコンで仕事をしていた。自分もいつかあんなふうに働くことがあるのだろうか。

「わたしなんかで、ほんとにいいんですか？」

ミキの表情が晴ればれとしているのが不思議だった。ただの絵のモデルである。特別なことなどすこしもない。

「えっ」

「わたしは太ってるし、スタイルもぜんぜんよくないし、中塚さんみたいに美人じゃないし、ほんとにいいんですか？」

ミキがミノリの名をしっている。カイは驚いた。幼馴染みのことは、ほとんど話していないはずだ。カイの顔色がわずかに変わったことに気づいたようだった。ミキは扇子でもつかうように激しく手を振る。風が顔にあたりそうだ。

「別に調べたわけじゃないです。でも、うちの高校の美術部でカイさんの絵が話題になって、あのモデルは誰だろうって。お友達からききました。中塚美野里さんって、風の丘のアイドルで頭がよくて、すごくきれいな人なんですよね」

カイは黙ってしまった。なぜか他人からきくミノリの話が好きではない。

「カイさんのとなりの家に住んでいて、幼稚園からの幼馴染みだって。それと……」

口ごもってしまった。ミキが自分より汗をかいているのはなぜだろう。

「……それと、つきあっているわけではないって、ききました。仲のいい友達だって」

この世界にあふれる普通の恋愛について、カイは皮肉に考えた。彼らの基準では、自分とミノリの関係は表現できない。恋愛でも友情でもない。適切な言葉がないから、どういう関係なのか定義できないのだ。言葉がないということは、彼らには絶対にわからないということだった。自分とミノリの関係は、この世界には理解不能だ。カイは身体のなかがねじれるような優越感を覚えた。背中から強い海風に吹かれているようだ。カイはにこりと笑っていった。

「そうだよ。ミノリはいい友達だ。東京の大学で彼をつくってうまくいってるらしい」

風の丘のアイドルは、三十男と歩道橋のうえでセックスをしたばかりだ。それをしったら、ミキはどんな反応を示すのだろうか。

「うわー、いいなあ。わたしもほんとうは東京の美大にいきたいんですけど、親が許してくれなくて」

ミノリの行動など、親は絶対に許さないだろう。許されないことだって、自分の意思で自由にこっそりと実行できる。ミノリはなにがあっても、不自由や制約を親や他人のせいにはしなかった。カイよりも男らしいかもしれない。

「今度の日曜日、うちでモデルになってくれないかな」

丸い頬を染めてミキがうなずいた。その日、父は早朝から八ヶ岳《やつがたけ》に山のデッサンにむかうはずだった。カイはぬるくなったアイスコーヒーをのんで、ひりひりと渇いたのどをうるおした。

ケヤキの葉がミキの身体に尖ったまだら模様を落としていた。風で枝先が揺れるたびに、ミキの健康的な肢体に光の斑点が動く。形を正確にデッサンするだけなら室内のほうがいい。だが、カイはミノリが座っていた木の根に同じ姿勢でミキをおいてみたかった。身体はただの身体でなく、周囲の自然から影響を受けるものだ。ミノリとはすこし異なるけれど、ミキもケヤキの巨木の一部になっている。

「これでいいですか？」

ミキはデニムのショートパンツで、青いチェックの半袖シャツを腰で結んでいた。背はミノリよりすこし低い。体重は二割増しというところだろうか。弾けるような量感が、二の腕や太ももから湧きだしている。

「いいよ。ここは蟻《あり》とか虫が多いから、虫よけスプレイ忘れないで」

ミノリは夏のデッサンモデルには、虫よけを忘れなかった。あとは日焼け防止の数々も。ミキは日焼け止めはつかっていない。そろえたひざに片手をのせて、首だけカイのほうにむけた。身体のなかにななめのねじれの線をつくると人間の身体はいい構図になる。

「それで上半身をもうすこし、こちら側にひねってくれる？」

すぐにちょうどいい角度に身体をひねってくれた。このあたりはミキもミノリに負けずに感覚がよかった。いくらいってもポーズがとれないダメなモデルはいくらでもいる。

「ありがとう。そのまま二十分くらい動かないでいられるかな」

「だいじょうぶです。あの、話をしてもいいですか」

カイはイーゼルにのせた大判の画帳に鉛筆で線を引いていった。全身のバランスをまずおおづかみにとりたい。

「深刻な話じゃなければ、いくらでも」

「カイさんみたいに人の心を動かせる絵を描けるって、どういう気分なんですか」

自分の絵が人の心を動かせる？　声をあげて笑いそうになった。

「県展入選くらいじゃ、ぜんぜん人の心を動かしたなんていえないよ」

ミキの腕の白さが目に焼きついた。ミノリのはさすがにこれほど白くなかった気がする。肌のしたは血管の標本のようだ。青い静脈がすべて透けて見える。

「県展とかの話じゃないです。わたしはなんどかあの展覧会にいきましたけど、カイさんの絵が一番人を集めていた。あれはただのスタートにすぎないと思います」

実感などなかった。自分が絵で生きていける自信はまるでない。だいたい絵が、ポテトチップやゲーム機や流行の型のジャケットのように売れるものだろうか。カイは自分の周囲に絵を買う大人を見たことがなかった。

「ありがと。ほんとにそうだといいけど、わかんないよ。十年後には、どこか田舎の高校で美術を教えているかもしれないし」

ざっと身体の中心線と輪郭線を引いた。やはり素晴らしいバランスだ。

「ミキさんて、骨格のバランスがすごくきれいだっていわれたことない？　線だけだと、ミロのヴィーナスみたいだ」

ミキは光の斑点を受けて頬を赤くした。人の肌のうえで光が動くこの感覚を、印象派の画家たちは描きたかったのかもしれない。目のご馳走《ちそう》だ。

「骨だけほめてくれて、ありがとう」

「いや、ほかもきれいだよ」

下心のないカイの口はなめらかに回った。ミキは遠い目で、ミノリが住んでいた二階建ての木の家を見ている。

「あの……今日はこういう感じだけで、いいんですか」

いいんですかに妙に力がはいっていた。画帳から顔をあげて、カイはミキを見た。

「えっ、どういうこと？」

「着衣のデッサンでいいんですか。わたしも絵を描くからわかります。ほんとうに大切なのは服ではなくて、モデルの肉体ですよね」

海風が強く吹いて、ケヤキの全体を揺すった。葉擦れの音が非難のざわめきのようにきこえる。カイがなにもいえずにいると、ミキが口を開いた。ねばつくように唇が動く。

「モデルになってほしいといわれて、わたしはほんとうにうれしかった。つきあってほしいといわれるより、ずっとうれしかったんです。カイさんの絵がすこしでもよくなるためなら、いくらでもどんなことでもするつもりです。中塚さんがこの街からいなくなって、モデルに困っているなら、つぎからすぐに呼んでください」

ミキはカイのほうに目をむけずに、静かにそういった。カイにとっても、それはひどくうれしい言葉だった。カイを男性として好きだといわれるよりうれしかったかもしれない。カイの才能を信じて、評価してくれたのだ。父は夜まで帰らない。風の丘の家には、ミキと自分のふたりだけだ。ミキはたぶんヌードモデルもやってくれるつもりだ。

「ありがとう。そんなふうにいってもらえて、うれしいよ。ミキさんほど、ぼくは自分の絵に自信がもてないから。でも、ヌードになるのは、またの機会にしよう。一度で全部見てしまうのが、もったいない気がする」

ミキが頬を赤くしたまま笑った。

「つぎのチャンスなんて、ないかもしれませんよ」

カイも笑った。ケヤキの木も笑っている。

「いいよ。そうしたら、想像でミキさんのヌードを描くから」

ミキがさっと胸と腰を手で隠した。

「そんなこと想像したらいけないです。カイさん、やらしい」

カイはもうミキのおしゃべりにはつきあわなかった。ミノリとは別な女性、真剣に描くふたり目の人に集中しなければ、この日曜の午後が無駄になってしまう。この時間の風と光、空気の甘さと命の輝きを永遠に記録するには、絵を描くしかなかった。

カイはその場にあるすべてを閉じこめ、紙のうえにちいさな宇宙をつくるために、自分の目と手の動きに専念した。

10

ミノリと待ちあわせしたのは、海辺の街と東京のちょうど中間にあるJRの駅まえだった。ロータリーにはどの地方都市でも見かける駅ビルがあり、喫茶店とカラオケ店と学習塾があった。列をなす客待ちのタクシーのほうが、通行人の数よりも多かった。無個性な街の平日の静かな昼さがりである。

街路樹のほとんどがイチョウだった。ちいさな扇形の葉が新緑の鮮やかさで無数に空を満たしている。また春が巡ってきたのだ。カイとミノリは土地勘のない駅の周辺を二十分ほど探し歩いて、悪くなさそうなカフェを発見した。時代は目に見えないところで、すこしずつ進歩しているのだろう。こんな街にも、しゃれたオープンカフェがある。白とブルーの縞《しま》のパラソルのした、席をとった。

やってきたウエイターは眉が糸のように細くてヤンキーっぽいが、言葉づかいはていねいだった。メニューをおくと、ミノリにいった。

「ブランケット、おつかいになりますか」

日ざしはもう春だが、風はまだ冷たかった。テラスの足元を抜ける風には冬の名残がある。

「ええ、ありがとう。わたしはホットのカフェオレ、お願いします」

「そちらさまは？」

ウエイターの目に翳がさした気がした。嫉妬と羨望だろう。自分のような普通の男がミノリのような美人を連れているのだ。

「ぼくはブランケットはいらない。カフェオレ、ふたつで」

「ありがとうございます」

ミノリはブランケットを広げるとゆるやかに腰に巻いた。冬でもミニでとおすミノリのスカートは、その日も短かった。届いたカップをあわせて、乾杯する。この店のものは取っ手のないお椀《わん》のような形だった。もちにくいけれど、これがフランスでは普通なのだろうか。湯気のあがるカフェオレをひと口すすって、ミノリがいった。

「合格おめでとう。カイなら絶対受かると思ってたから、ぜんぜん驚かないけど」

カイは熱い陶器の碗《わん》を両手で包んで、指先をあたためていた。指をあまり冷やすといい線が引けなくなるような気がする。絵描きの指先は繊細だ。

「そうかな、こっちはひやひやだった。絶対に合格できるはずってときのほうが、かえって緊張するよ。受かるのがあたりまえだと、不合格だったら目もあてられないよね。予備校の先生も、美術科の教授もみんな応援してくれたんだから」

筆記試験の点数は一年間の試験勉強で、七十点ほど上積みすることができた。模試の成績を見た予備校の先生はもう一段偏差値の高い大学をすすめてきたが、カイは断っていた。あの街を離れるつもりはなかったからだ。

ミノリはどんな土地にも吹き寄せる風で、自分はあの境界に立つケヤキなのだろう。ミノリなら東京でも外国でも自由に暮らすことができる。けれど、自分は生まれ落ちた場所を動くことなく、一生をそこで過ごすのだ。カイはそれですこしも淋しくはなかった。同じ場所にいても、どこまでも経験を深めることは可能だ。ちょうど絵の道を究めるように。きっと自分は大地に根を生やすタイプなのだ。

にやりと笑って、ミノリがいった。

「応援してくれたのは、先生ばかりじゃないよね。ミキさんはどうだった？　合格祝いはもうやったの」

カイは午後のテラスに目をやった。白いウッドデッキにはパラソルとテーブルが六つ。客はもうひと組だけで、一番離れた対角線の位置にいる。主婦らしき二人づれだ。これならミノリの声はきこえないだろう。

「やったとかいうなよ」

ミノリの笑顔が邪悪になった。

「約束したの覚えてる？　わたしたちは決してつきあわないし、恋愛も結婚もしないけど、なにもかも話す。ふたりのあいだに秘密はない。とことん正直に、すべてをね。カイ、そうだったよね」

そのとおりだった。カイはミノリが寝てきた数十人の男たちについて、詳細にきかされている。そのうちの何人かとは自分が寝たような気さえするほどだ。

「わかってる」

ミノリはうなずいて、白いメッシュのデッキチェアに背中をあずけた。

「じゃあ、もらったばかりの合格祝いについて話してよ」

カイは十日ほどまえに初めてミキと寝ていた。それから三度している。カイは初めて、性の素晴らしさを心と身体で感じとっていた。あの日のことを思いだすだけで、今でも腰の奥にちいさな火が灯るようだ。

カイはかすかに頬を染めて、低い声で話し始めた。

「ぼくたちは我慢しようと決めていた。ミキも、ぼくも、そうしようと思えばいつでもできることはわかっていた。ぼくは未経験ではなかったし、会話の雰囲気から彼女だって初体験は済ませていたみたいだ」

「へえ、カイも大人になったね。女の子は背伸びすることもあるけど。嘘を見破れるんだ」

「ふざけないで、きいてよ」

遠くでクラクションの音がして、空を春のあやふやな雲がゆっくりと動いていく。カイは冷め始めたカフェオレをのみ、のどを湿らせた。

「ぼくが彼女をデッサンモデルにしてたのは、しってるよね。最初が一年まえの春だった」

「それ、覚えてる。短パンにチェックのシャツだよね。わたし、カイの話きくと、ものすごく視覚的にイメージが広がるんだ。自分で見たかってくらい」

ミノリは唇の端を曲げた。笑ったのだろう。

「デッサンは毎月どころか毎週くらいのペースで続いてた。本格的な夏がくるまえから、去年は猛烈に暑くなったよね。彼女の着ているものも、だんだん薄くなってくる。着衣のデッサンだったけれど、七月の終わりには水着でモデルになっていた」

「カイが頼んだの？」

ミノリがうわ目づかいでカイを見ていた。真剣な表情だ。こちらが別な女性とつきあうとき、ミノリはどんな感覚なのだろう。

「違うよ。いきなり彼女が服を脱ぎだしたときには、ほんとにびっくりした。場所はぼくの部屋で、明るい日曜の午後だ」

「カイのお父さんはまた山に絵を描きにいってたんだ。ほんとによく似た親子だなあ」

父と似ているというのはすこし引っかかったが、カイは無視していった。

「でも、下着じゃなくてビキニの水着だったんだ。無地のベージュ」

「ヌードカラーってやつね。ミキさんって、けっこうエッチだね。それだと、ちょっと見、裸に見えるもん」

カイの心のなかには、ミキの見事な肉体が刻まれている。頰や胸だけでなく、肩や二の腕まではちきれそうだった。太っているから、恥ずかしいと彼女はいったけれど、カイはぜんぜんそんなことはないとうわの空で返事をした。一刻も早く、この肉体を描きたかった。

「女の子がエッチなのかどうか、その基準がわからないよ。ミノリは普通と比べて、どうなのさ」

眉をひそめカイをにらみつけると、ミノリの美少女ぶりがあがった。ある種の女性は自分の美しさを、棍棒《こんぼう》でも振るうように無造作につかうものだ。

「わたしは普通より、すこし欲望が強いくらいじゃないかな。東京にいってよくわかったけど、わたしくらいの子はけっこういるよ。みんな、黙ってるからわからないんだけどね」

ミノリのような若い女性が複数いるのだ。東京はすごい街だ。驚きを隠してカイはいった。

「そのあとでプールにいく約束してたから、どうせなら水着のほうがいいかと思ってって、彼女はいってた。ぼくもほんとはヌードデッサンを描きたかったから、それが伝わっていたのかもしれない」

「ふーん。風の丘の市民プールか。あのしょぼい流れるプールがあるとこ？」

一周ほんの数分の楕円形《だえんけい》のプールだった。子どものころから、ミノリの家族といっしょによくかよったものだ。ミノリは棒のような身体つきだったけれど、プールサイドでも大人の男たちの目を引くほどきれいだった。

「そうだよ」

「わたし、あそこで何度もおしっこしたことある。いつだか、いっせのせで、カイといっしょにしたこともあったよね」

水着のなかがあたたかくなった感覚を思いだした。プールでするおしっこはなぜあんなにうしろめたいよろこびがあるのだろう。

「話をそらさないでよ。集中できなくなる。最初に水着でデッサンしたときは、二時間が二分くらいに感じた。とにかくなんていうか、彼女の身体はすごかった」

「モデルになるほうは、二時間どころか永遠みたいに退屈なんだけどなあ。同じポーズって疲れるしさ。ねえ、そのときのクロッキーもってきたんでしょう。早く、見せて」

ミノリはミキの写真をスマートフォンで送ってくれとはいわなかった。写真ではなく、カイがどう絵に描いたのか実物でしりたがったのだ。足元のトートバッグから、大判のクロッキー帳をとりだし、ミノリに手わたした。ミノリはていねいにめくっていく。最初の何枚かは、モデルのように細いミノリのデッサンだった。それがミキのケヤキの幹のように太く丸いトルソに変わった。

くいいるように見つめて、ミノリはいった。

「こういう身体なんだ。わたしとはぜんぜん違うね。抱き心地がよさそう」

世界中の女性から憎まれる脂肪の素晴らしさを、カイは十九歳で発見していた。脂肪はやわらかに、すべての角を消し去ってくれる。尖ったものを丸く、丸いものをやわらかく、やわらかなものはしっとりと。女性の見た目の美しさと、抱き締めたときの美しさは別の種類の美なのだ。

「ミノリももうすこし太ったほうがいいよ」

「うるさい、中年のおじさんみたいなことというな。わたしのことはいいの。だけど、さすがにカイだね。ミキさんの肌と水着のテクスチャーの違いがはっきりわかる。あと……」

絵をほめる言葉をミノリはよくわかっていた。カイは幼馴染みの目を信用している。それは美術教師や大学の教授以上だった。一本だけ引いた線の好不調をミノリは即座に感じとってくれる。

クロッキーをテーブルにもどすと、さばさばといった。

「カイがミキさんのこと好きなのがよくわかった。なんていうか、お日さまが昇ったような絵だもん。感動して描いたのがでてるよ。わたしのときは、もうすこし暗いもん」

残念そうな口ぶりが、カイの心にねじれたよろこびを生んだ。自分がミノリの男たちにそうするように、ミノリも嫉妬しているのだ。

「七月は水着だったけど、八月には水着のうえをとるようになった」

ミノリが低く口笛を吹いた。ミノリは男だけでなく、きれいな女性も好きだ。

「九月になると彼女は……」

なんといえばいいのだろうか。カイは迷った。ただ裸になったといいたくなかった。一カ月をかけて、ていねいにデッサンを繰り返し、描き終えたところで、ちいさな布の一枚を落としていく。絵を描くよろこびと、性の興奮がない交ぜになって、カイにとってデッサンはセックスそのものと限りなく近くなっていた。

「なにも身につけずに、ぼくのまえに立つようになった。でも、そこで気がついたんだ」

息をのんで、ミノリもきいていた。ふたりにとって秘密を分けあう時間は、特別な時間だ。ときに相手の心のなかだけでなく、肌のしたに潜りこんでしまうことがある。

ミノリが一番ふさわしい言葉を選んでくれた。

「危ないって？」

「うん、危険だって。このままだと、すぐにセックスしてしまう。そんなことになったら、ぼくも彼女も夢中になるだろう。来春に受験を控えた秋に、なにもかも放りだしてセックスばかりすることになる」

ミノリはふうっと短く息を吐いた。

「ミキさんの気もちわかるなあ。きっとヌードになっているあいだ、彼女濡れてたよ。カイにあんな目で見つめられたら、誰だって、ちょっとおかしくなる」

「あのとき、ミノリも濡れた？」

慎ましいけれど、形のいいミノリの胸を見ながら、カイは自慰をしてみせたことがあった。あのとき、ミノリはそんなことを考えていたのか。恥ずかしがるミノリが新鮮だった。

「そんなこともあったかもね。で、受験生の恋人同士はどうしたの」

「ぼくたちはおたがい合格するまで、セックスはしない約束をした」

「うーん、半年も我慢するんだ。それは厳しいなあ。しかも、そのあいだずっと裸でカイのまえに立つんでしょう。生き地獄だよ」

それは自分も同じだといいたかった。何度ミキに飛びつきそうになったかわからない。だが、カイもミキも耐えた。

「ヌードデッサンを描いたのは、十一月までだよ。十二月からの三カ月は、受験用の課題ばかり描いていた。つまらない石膏とか、フルーツや花の静物」

「それで、ふたりとも同じ美術科に合格したんだ。ほんとよかったね。さあ、もうもったいぶらないでいいでしょう。初めてのエッチ、教えてよ」

ミノリがじれているのが、愉快だった。カイは新しいカフェオレを注文した。のどが渇いているので、今度はアイスにする。眉の細いウエイターは、無表情なままちらちらとミノリを見ていた。生まれてから見たなかで最高の美少女なのかもしれない。そのミノリが体重百二十キロの男との押し潰されるようなセックスを好んだり、東京青山の無人の歩道橋のうえでセックスしていることを教えてやりたかった。男たちが押しつけるイメージの遥か遠くで、女たちは自由を生きている。

「場所は、ぼくの部屋だった。エアコンは二十五度に設定していた。ベッドのシーツは新しく替えて、ぼくは下着も新品にしていた。どうしてだか、机のうえには花を活けたよ。ピンクのガーベラの一輪挿し」

ぽつりとミノリが漏らした。

「カイ、やる気まんまんだね」

「まあね。まえの晩眠れなくて、ひとりでしたくらいだから」

「ははは、いきなり狼になって飛びかかったりしなかったんだよね」

「してないよ。新しいシーツを敷いたベッドのまえには、イーゼルと画用紙がおいてあった」

「なんだ、またデッサンしたんだ」

「うん、ぼくたちがそういうことを始めるには、いつもみたいに絵を描くのが一番自然でいいと思って。男にとって、服を脱がすまでがたいへんなんだ。こっちだって、すごく緊張するんだよ」

「ヌードデッサンなら、ミキさんが自分で脱いでくれるもんね」

ミキは部屋にきてデッサンの準備を見ると、黙って裸になった。ここでいい？　ベッドのまえのいつもの位置に立って、身体をななめにひねる。カイは注文をつけなかった。そのままのポーズで、性的には未知の肉体を描き続ける。

「デッサンは一時間くらい続いた。のどがからからだったから、ぼくたちはペットボトルの冷たい水を交互にのんだ。いつもなら、デッサンを再開するけれど、ミキはそのままベッドに横になった。首だけ起こして、ぼくを見ていった……きて」

あのときの目の光を描けたらいいのに。あの目をキャンバスのうえに固定できたら、誰もが胸をかき乱される傑作が生まれるだろう。

「彼女、すごいね。勇気がある」

「ぼくはすごく静かな気もちだった。興奮でぎらぎらしてたということもなかった気がする。ペニスだけは硬直してたけど、とても冷静だった。服を脱いで、ベッドにあがり、そのままミキとつながった」

ドアを開けてつぎの部屋にはいるように、プールサイドを歩いていき冷たい水に飛びこむように、気がつけばカイはミキのなかにぴたりと収まっていた。自分の帰るべき場所に、やっと帰ってきた気分だった。

「コンドームはつけなかったんだ？」

「最初はそのままのぼくを感じたいといっていた。あとでつけたよ」

「相性とか、どうだった？」

「そういうことは、よくわからない」

一番深くまでつながって、動かずにただ抱きあっていると、ミキは涙を流した。カイは抱き締めた右手をはずし、髪をなでることしかできなかった。ミキのなかは熱く、驚くほど濡れていた。どれくらいの時間が流れたのか、よくわからない。カイはセックスはタイムマシーンのようだと思うことがあった。その行為の最中、何千年も何万年も昔の全身に毛の生えたサルのような動物にもどってしまうことがあったし、遥か未来の扉を開く鍵を見つけたと思うこともあった。セックスは時間を飛び越える。人は人とつながり、絶対に越えられない時間の壁さえ突破できる。

「ミキさん、ちゃんといった？」

「わからないよ。演技をしてくれたのかもしれないし、ほんとにいったかどうかは男にはわからない。ぼくはちゃんといったけど」

きっと男たちほど女の子の性は単純ではないのだろう。相手を深く導きいれ、それをきちんと自分に同化させるには、時間がかかる。

「ぼくは初めてちゃんとセックスができた気がした」

「ふーん、高校のときのあの子は？」

カイは初体験の相手のガールフレンドの名前を思いだすのも、今は嫌だった。ミキとミノリがいれば、それで十分だ。

「彼女とは心まで全部、裸になれなかった」

それにあの子はいつもミノリの存在を気にかけ、嫉妬していた。勘がよかったのかもしれない。

「じゃあ、今はやりまくりだね」

「十日まえにして、それから三回した。コンドームの減りが速いよ。ぼくもミキもやりたくて、たまらないんだ」

やりたくて、たまらない。そんなことを異性のまえであっさり口にできるのが、不思議だった。ミノリとは恋愛関係にもないし、セックスもしていない。だが、ほかのどんな女性に対してよりも正直で誠実になれる。

「おめでとう。これでほんとにカイも童貞卒業だね。エッチはちょっとやったくらいじゃわからないから。単純そうだけど、奥が深いもん」

目をあげるとミノリと視線がからんだ。目の奥に明るい光が潜んでいる。カイの新しい恋愛とセックスを心からよろこんでくれているのがわかった。よくしらない街の空で、いつの間にか夕焼けが始まっていた。テラスにさす夕日で、すべてがオレンジに染まっている。けれど、カイの目は絵描きの目だった。影になった部分は、ただ暗いのではなく紺色の光がたまっている。つぎに絵に影をつけるときは、濃いネイビーをつかってみよう。

「カイの話が、幸せそうでよかったよ。わたしも、今、幸せなんだ」

ミノリの口から初めてきく言葉だった。幸せ？　幸福よりも、愛や恋よりも速く、欲望にむかって駆け続けてきたのが、ミノリではなかっただろうか。

「きいてないよ」

ミノリはカイの気もしらずに微笑んだ。

「だって、まだ話してないもん。始まったばかりだし」

「相手はどんな人？」

ミノリは手を伸ばすとカイの薄くなったアイスオレをのんだ。

「わたしの倍以上、大人の人。やっぱり男は子どもじゃダメだね」

かすかな痛みが胸の底に走るのは、自分をまだ子どもだと思っているせいだった。声を抑えて質問した。

「その人、いくつなの」

「四十四歳」

大人だ。ミノリはカイと同じ十九歳だった。倍どころか、相手は二十五歳も年上だ。

「カイ、わたし、もしかしたら、生まれて初めて恋をしてるのかもしれない」

ミノリのはずんだ声が、カイの胸を暗く波立てた。ミノリの恋とはなんだろう。カイは呆然《ぼうぜん》としながら、濃紺に沈んでいく駅まえの光景を眺めていた。

11

画集のページをめくるように季節が流れていった。

最後の学生時代が過ぎるのは、なぜこれほど早いのだろう。大学生になったカイは季節が変わるごとに、木の絵を描いた。芽生えと新緑の春、絶頂と深緑の夏、黄変と落葉の秋、裸の枝と待機の冬。季節のたびに減る絵の具のチューブが変わっていく。もっともカイがつかうのは、馴染みはよいが地味なアースカラーばかりだ。

樹木のとなりに描く少女も、ゆっくりと変わっていった。

最初はミノリを思わせる肉体の存在が感じられない妖精のような少女だったが、ミキと出会ってカイの絵は変わった。ミキはゴーギャンが描くタヒチの女たちのように肉感あふれる身体をしている。デッサンモデルになってもらった最初の一年、ミキによく似たグラマラスな女性を描くことが多くなった。

ある日、カイは気づいた。自分の絵には、こんなふうに健康とエロスを兼ねそなえた立派な肉体は似あわない。だが、すぐにミノリに似た少女にもどすことはできなかった。カイの描く絵をミキはすべて見ている。そんなことをしたら、口にはださなくともひどく傷つくことだろう。カイが絵のなかに実現するのは理想の女性だ。苦しまぎれにカイはミノリの透明感とミキの肉感を足して二で割り、すこし薄くしたような新しい少女のキャラクターをつくりだした。

透明だが色っぽく、慎ましくしとやかなのに、欲望と飢えを感じさせる新しい少女が、カイにつぎの扉を開かせることになった。意識して創作したわけではない妥協の産物の新キャラクターが、絵を見る人たちの琴線にふれたのだ。初めて絵が売れたのは、学生同士でなけなしの資金を集めて開いた展覧会だった。萌えあがる緑の木には、ミノリでもありミキでもある少女がもたれかかっていた。ほかの学生の絵はせいぜい家族にしか売れなかったのに、カイが提出した作品は五枚のうち四枚にすんなりと売却済みのリボンがついたのである。

ほぼ同じ時期に、カイにはイラストレーションの注文がはいるようになった。イラスト専門誌の新人発掘ページに、丸々一ページをつかってカイの絵が掲載されたのだ。発行部数はすくないが、デザイナーや編集者に資料として参考にされる雑誌だった。数カ月のうちにカイは本やＣＤの装画の注文をぽつぽつと受けるようになった。

画材と生活費の足しに続けていたカフェのアルバイトは半年もしないうちに辞めてしまった。一年を過ぎるころには、平均的な会社員をしのぐ収入を得られるようになった。カイはあいかわらず自分の生まれた地方の街に住み、好きな絵を描くそれまでと同じ生活を続けている。自分が世界に発見されるというのは、奇妙な経験だった。とりまく環境はなにも変わらないのに、光が強くなり、周囲が急に明るくなった気がする。

プロの絵描きとしてのカイの名前は、樹《いつき》カイだった。

この名はまだ大学生の新進画家・イラストレーターとして、ゆっくりと世のなかに押しだされていく。


絵描きには、多情で、欲望が強く、つぎつぎと異性を乗り換えるタイプがいる。ラファエロやピカソや竹久夢二《たけひさゆめじ》、カイもすぐに指折り数えることができた。女性画家でも事情はさして変わらない。ただ単に美しいものが好きなのかもしれない。だが、カイはミキとの関係に満足していた。高名な画家たちのように新しいモデルを求めることもなかったし、ミキの肉体に飽きることはなかった。

ミノリにはよくあきれたようにいわれていた。

「カイはどういうエッチしてるの？」

週に一度の深夜の長電話である。季節は秋で、カイは紅葉を描く新しい手法に挑戦していた。あの赤や黄やオレンジはほんとうにあのままの色なのだろうか。

「どういうっていわれても困る」

「つきあって何年になるんだっけ？」

「三年とすこし」

夜の風が海から吹き寄せて、カイの部屋の木枠の窓を揺すった。カイはベッドから起きあがり、外を見た。ミノリの家との境界に立つケヤキが枝先をヤナギのようにしならせている。

「セックスレスじゃないんだよね」

「まだ二十一歳だよ。そんなはずないじゃないか」

「週に一度か二度ちゃんとしてるんだ。代りばえのしないやつを」

むっとすると同時に、笑いがこみあげてきた。

「ミノリのほうが変わったことばかりしすぎなんだよ」

SとMの両方、男性と女性の両方、野外での行為、年下とはるか年上、グループでの行為。ミノリは考えられるあらゆる種類のバリエーションを試していた。自分でもいうとおり地方からやってきた美しい女子大生は、東京の性のアンダーグラウンドではそれなりに名が売れているという。

「あのさ、いつもみたいにカイの部屋で、ハグしてキスして脱がせて、バックと正常位でするんだよね。同じ相手と三年も。よくそんなのであきないね。ミキさんは文句いわないの？」

カイは考えこんでしまった。ほんとうは不満に思っているのではないだろうか。カイはつきあっている女性とセックスについてきちんと話をしたことがなかった。ミノリとではどんな秘密も隠さずに話せるのに、不思議なことだ。

「彼女はミノリとは違うんだよ」

「そうかな、女の子はみんな同じだと思うけど。カイにいえないだけじゃない？」

背中がひやりとするような言葉を投げてくる。なぜ、女性は男に冷や汗をかかせるような、なにげないひと言がうまいのだろうか。こんな相手を一生愛し続けなければいけないなんて恐ろしいことだ。

「だけどさ、同じバックと正常位だって、すごくいいときもあるよね」

ミノリがくすりと笑った。

「いつもいってる定食屋で、なぜか飛び切りおいしいランチがあったみたいな」

自分のセックスは定番の焼き魚やトンカツの定食なのだろうか。カイも苦笑した。

「そうだけど、ほんとに心も身体もつながって、すごく気もちいいというか、そういうときが月に一、二回くらいある」

「ふーん」

「そういうの、ミノリはないの？」

「わたしはいつもだいたいいいからなあ。月に一、二回すごくよければ、それでカイは満足なんだ」

「いや、満足っていわれても、セックスってぼくにはそういう感じだよ。ものすごく興奮するとか、ものすごく気もちいいというんじゃなくて、穏やかに続くというか、相手とのつながりの確認というか」

「そうなんだ。わたしが求めてるものとはぜんぜん違うんだね。わたしは日常とか、こんな世界は大嫌い。だから、セックスで世界を壊してしまいたいとときどき思うんだ。もちろん、わたし自身の欲望が強いっていうのもあると思うんだけど」

「それが経験の差になってるのかもしれないな」

ふふふとミノリが低く笑った。

「カイはミキさんで二人目だもんね。わたしは途中から数えるのやめたからよくわかんないけど、たぶんカイの数十倍くらいだよ」

「すごいな」

カイはミノリという女性の存在が驚きだった。ミノリはそれだけの数の男たちと寝ているのに、すこしも薄汚れた雰囲気にならない。疲れても、くすんでもいない。高校時代よりも、大学生になった今、さらに輝きを増しているようだ。セックスは本来、貞潔とかふしだらといった社会の道徳とは無関係で、もっと純粋なものかもしれない。

「カイはさ、ほかの女の子とやりたくならないの。ほら、今はきれいな子がたくさんいるじゃない？」

「それは確かにたくさんいるよね。今は、みんな、ほんとにきれいだし、自分を見せるのがうまいから。でも、たぶんぼくはひとつのことにこだわるしつこい性格なんだと思う。子どものころから木の絵ばかり描いて、ぜんぜんあきないし、女の子も同じなんじゃないかな」

思えば、あの小学校の図画工作の時間から始まったのだ。全力で描いた自分の絵が否定され、絵画教室でコツだけ習った同級生の絵が、教師に賞賛された。カイは教師がなんといおうと、その評価は間違っていると信じ、自分の作品を突き詰めてきたのである。その間に迷いはなかったし、すこしずつだが画力も向上してきたという確信はある。

「確かにひとりの人と百回やるほうが、百人の人と一回しかしないよりは、いいかもしれないね。とくに女の子の場合は。まあ、そのひとりがへたっぴだったら最悪だけど」

「ぼくの話はいいよ。それよりエドさんのほうはどうなってるの？」

江戸川雅人《えどがわまさと》はミノリの恋人だった。インテリアの輸入の仕事をしていて、年に四、五回はヨーロッパにいくという。年齢はミノリの二十五歳うえで、当然結婚していて、ふたりの子どもがいた。ミノリにしてはめずらしいことに、この恋は二年以上続いていた。

「あいかわらずだよ。彼のことは好きだけど、別れてほしいとか、結婚したいとは思わない」

「でも、ミノリはほかの人ともよくデートしてるよね」

「まあ、セックスと恋愛は別だから。ほんとはわたし、男なのかもしれない。でも、女の子でもそういう子はけっこういるよ。みんな、口をつぐんでなにもいわないだけで」

「だったら、ぼくのほうがほんとは女かもね」

ふたりは声をそろえて笑った。

「エドさんのエッチは最高だよ。とにかく時間をたっぷりかけるから。カイはどれくらいなの？」

自分のセックスの時間など考えたこともなかった。前戯十五分プラス性交十五分で三十分くらいだろうか。すこし見栄《みえ》を張っていった。

「四十分くらいかな」

「まあまあ、悪くないね。でも、彼は前戯に一時間くらいかけるから。もう後半になるとシーツまで濡らしちゃうくらいびしょびしょだし、腰がずっともじもじ動いちゃうよ」

きれいな顔をして、いつも大胆なことを口にする。ミノリの危険なところだ。

「ふーん、いったいなにをするのさ」

自分の声に嫉妬はでていなかっただろうか。カイは心配になる。

「エドさんはあまり特別なことはしないかな。とにかくゆっくり、軽く、かすかに全身をさわるんだ。わたし、舐められるのあんまり好きじゃないんだよね。つばって、あとで臭くなるんだもん」

「ははは っ」

　声をあげて笑った。東京まで百五十キロも離れているのが信じられない。

「ただそうやって、さわられているだけで気もちいいんだよ。たぶん肌の質感というか、相性がいいってことだと思うんだけど。やっぱりわたしは肌がざらざらして硬い男の人は苦手だなあ」

「そうか、女の子だけでなく、男も肌が大切なんだ」

カイは自分が二十代なので、四十代なかばの男の肌がどういうものか想像がつかなかった。ずいぶんしわくちゃで乾燥しているような気がするけれど、きっと彼は違うのだろう。

「カイもちゃんとお手いれしといて。あとはほんとによく話をするかな。エッチの最中も、わたしたちはあれこれよく話してる」

　性行為の最中の会話。カイはそのあいだ無口なほうだった。

「なにを話しているの」

「あらゆること。わたしの話って、よく飛ぶよね」

「うん」

「ほとんどの男の人は、ついてきてくれないんだけど、エドさんはどんな話題にもぴたりとついてきてくれる。きちんときいてくれるんだ。星の話でも、カイの絵の話でも、政治や歴史の話でも」

ミノリの興味の幅は広かった。ただむやみに見知らぬ男と寝ているだけではない。カイのしる限り同世代ではもっとも幅広く本を読んでいる。

「星の話？」

「そう、ビッグバンの話。わたし、そのころ宇宙史の本を読んでいたの」

そんな言葉があることさえ、カイはしらなかった。

「宇宙の誕生のときのことを、セックスしてるときに話すんだ？」

「話すよ、それは。セックスって特別じゃないでしょう。会話の延長というか」

周囲にいる絵描き仲間の遊び人も同じことをいった。きちんと話がつうじれば、セックスくらいできる。カイは目を丸くしてきいているだけだ。

「ビッグバンのとき、宇宙はものすごい高温高密度だった。わたしたちが今見ているような世界は存在していなかった。時間も空間もない高エネルギーの塊があるだけ。それがぱんって破裂して、猛烈なインフレーションが起きた。今も宇宙は広がり続けている。それは銀河が遠ざかっているからわかるの。遠い天体の光ほど波長が伸びる、光のドップラー効果で観測できるんだよ」

ミノリはビッグバンのところで、携帯電話を手で打った。カイの耳にちいさな破裂音が届く。時間の流れも、空間の広がりも生まれていない高エネルギーの世界。想像もできない。

「その話をしていたら、彼はセックスと同じだっていってた」

宇宙創成とセックスが同じ？　変わった男だ。

「時間も空間もない一点っていうのが、エクスタシーのときに似てるって。それで、ビッグバンが起きるときは、受精の瞬間に似てるんだって。ほら、ほんのちいさな一点から爆発的に宇宙が生まれたり、猛烈に細胞分裂が始まったりするでしょう」

その話なら、カイにもよく理解できた。

「たったひとつの受精卵が六十兆個まで増えていくんだよね」

「宇宙の場合は、わたしたちの銀河系に一千億個の恒星があって、同じような銀河が数千億個以上あるらしいけどね」

気が遠くなるような世界だった。真夜中に明かりを落とした部屋できく宇宙の話は、摩訶不思議《まかふしぎ》だった。宇宙と同じくらいの複雑さが、ヒトという生きものにもあるのが、奇妙に思えてたまらない。

「ねえ、精子とか卵子にも記憶ってあるのかな？」

「そんなのないんじゃない。たぶん、時間も空間もないと思うよ。そういうのを感じる中枢神経系とかないんだしさ。あるのはただの命の設計図だけだよね」

「それが受精の瞬間に発火して、猛烈に分裂していくんだ。それで、ミノリやぼくができた。一度始まってしまったら、宇宙もヒトももう途中でとめられないんだ。なんだか、すごいなあ」

「それ、エドさんも同じことといってた。それで、そのあとすぐにまたエッチしたよ」

「無言でずっとしてばかりって、よくないのかもしれないな。今度、彼女とするとき、なにか話をしてみるよ。いきなりビッグバンは厳しそうだけど」

ミノリが笑い、カイも笑った。こうして週に一度話をしていると、ひどく自由になった気がする。すくなくともこの瞬間には、世のなかの人すべてを縛る窮屈な倫理やしがらみから解放されるのだ。

「ちょっと水、のんでくる。カイものど渇いたら、なにかのんだら」

カイはそっと廊下にでて、秋の夜のひんやりと心地よい階段をおりていった。

冷蔵庫のミネラルウォーターはカナディアンロッキーの湧水で、カイは見たことのないカナダの山々と緑の木々を思った。

再び話し始めたミノリの声は、すこし沈んでいた。水分をとると声も湿るのだろうか。

「このまえさ、エドさんの奥さんから電話があったんだ」

「えっ……」

返事につまった。ビッグバンも、宇宙の不思議も、人間界のごたごたを解決してはくれない。

「どうして、ばれちゃったの？」

「奥さんが彼のスマホのロックナンバーを、根性ではずしたみたい。全組みあわせを徹夜で入力していって」

透明だった夜が、重くにごってきた。なにもいうことがなくて、カイは月並みな言葉を選んだ。

「たいへんだったね」

「うん、むこうはわたしと直接会いたがったけど、わたしは断った。嫉妬とか、憎しみの対象って、はっきりしないほうがいいのかなって思って」

カイには不倫はまだ大人すぎる話題だった。まだ大学生だ。

「でも、今話してるこの電話で、奥さんと何時間も話した。正直に全部話したよ。結婚したいなんて、ぜんぜん考えてないこと。ほかにもボーイフレンドはいること。月に二回くらいエドさんを借りられたら、それだけで十分だってこと。わたしも彼も遊びなんだっていった」

声の様子がおかしかった。のどに引っかかるようにかすれている。

「だいじょうぶ、ミノリ？」

「うん、だいじょうぶ。でも、最後のは半分嘘だったかな。わたしは本気で彼のこと好

わない。

カイは結婚など怖くなかった。ロマンチックな夢は見ていないが、まだしたいとも思わない。

「そんなに？」

「うん、怖いよ。なにより結婚っていう制度で、目に見えないものを縛るところが怖い。結婚相手以外の誰かにときめいたり、好きになったり、セックスしたくなる気もち全部が禁止されちゃうところが、怖くてたまらないよ」

カイは一枚の婚姻届を考えた。あのセロファンのように薄い届け出用紙。あれはもうほかの異性に心を揺らさないという宣言なのだ。

「だけど、みんな普通に結婚してるよ」

「そう、それが怖くて悲鳴がでそうになるよ。よくあんな恐ろしいことができるよね。未来の自分の気もちまで、わたしには絶対保証できないもん。わたしは結婚してもきっと誰かを好きになる」

「セックスもする」

「そう、それがわたしだから」

それがミノリだから。世界中でただひとりカイだけがしっているミノリの姿だった。

「奥さんはわたしにずっと彼の悪口いっていたよ。家ではひどい人だ。冷たい人だ。でも、子どもにはいい父親で、仕事は人なみ以上にがんばっているって。そういうのは普通いい人っていうんだよね」

妻の視点はカイにはわからなかった。

「エドさん、結婚して何年？」

「確か十六年とかかな」

たとえ好きでも特定の誰かと十六年もいっしょに暮らすというのが信じられなかった。そのあいだ毎晩いっしょに寝るのだ。ミノリのいうゆっくりとした贅沢《ぜいたく》なセックスは、それでも可能なのだろうか。エドさんは妻には手を抜かないのか。大人も結婚も面倒だ。

「ミノリはどうしたいの？」

「別にどうもしたくないよ。今のままが心地いいから、それで十分。奥さんも別れてほしいとはいわなかった」

「でも、電話をしてきたし、会いたがったし、何時間も話したんだよね」

「そう、おしまいにはていねいに、おやすみなさいっていって電話を切った。すこし離れた親戚のおばさんと話したみたいに。なんだか変な感じ。あのさ、カイもいつかミキさんと結婚するの？」

のど元にナイフを突きつけられたようだった。ナイフの先は鋭く光り、血液を求めている。

「わからないよ。でも、もし大学を卒業してまだ二、三年つきあうようなら、結婚を考えるかもしれない」

「だいじょうぶだよ」

「なにがさ」

「カイは結婚にむいているから。わたしはとことんむいてないけど」

「一生ひとりでいるの？」

「ずっとひとりでも、そのときそのときに好きな人がいれば、それでいいや」

ほんとうにそうだろうか。カイは疑問をのみこんだ。結婚が歳月によって錆《さ》び、緩んでくるように、新しい部品と交換でもするように好きな人を乗り換える日々も、きっとにごって酸っぱくなるはずだった。悪いのは時間だ。新鮮で生きいきしていたものすべてを腐らせてしまう。

「だけどさ、それでバランスがとれるのかもしれないね。カイはわたしに幸せな話をして、わたしはカイに不幸せな話をする。プラスマイナスでちょうどゼロだよ」

いつものミノリではなかった。

「やめてよ。ぼくが馬鹿みたいに幸せになるって決まったわけじゃないだろ。ミノリだって幸せになれるよ」

「そうかなあ。わたしはほんとに幸せになれるかな」

美しい容姿と優秀な頭脳、ほかの女性よりすこしだけおおきく豊かな欲望をもった女性の人生を考えてみる。欲望の代償が不幸と決まっているはずはない。カイは確信をもっていった。

「今のままのミノリで幸せになれるよ。幸せの形だって、星の数くらいある」

「ありがと、カイはやさしいね。それに美人に甘い」

声を殺して、ふたりは笑った。悪い時間ではなかった。昼と夜ではなぜこんなに時間の流れかたそのものが違うのだろう。目を閉じてきくミノリの声は音楽のようだ。

「そういえば、奥さんが電話を切る直前にいっていた。エドさん、わたしのほかにもうひとり愛人がいるんだって」

「…………」

カイは息をのんだ。なぜ女性の多くは最後の最後に、もっとも重要な話をするのだろうか。単純な男の頭はすでに容量オーバーだというのに。

「あっ、そうなんですか。じゃあ、おやすみなさいって、わたしは明るく電話を切ったんだ。でもね、そのあとすこし泣いちゃった。どうして傷ついたのか、自分でもよくわからなかった。奥さんがいるのはわかっていた。それはしかたないし、認めていたんだ。だけど、もうひとりの彼女はショックだった」

カイは黙っていた。風の音が窓ガラスを揺らす。明日は冷たい秋の朝になりそうだ。

「奥さんがいても、ほかの彼女がいても、わたしには怒る権利なんてないのにね。なんでだろう、あのときは涙がとまらなかった」

電話のむこうが急に静かになった。ミノリの息が短く切れ、声が濡れた。

「あのさ、カイ。ちょっと泣いてもいいかな」

カイは可能な限りやさしい声をだした。黒に近いほど深い緑のベルベットのような声だ。

「いいよ。ぼくはここにいる」

それからカイはいつ終わるともないミノリの泣き声と海辺から吹き寄せる風音をきいていた。夜は明けがたに近づいていく。東の空が最初の光に青く澄むころ、電話を切ると、いつかこの気もちを表現する絵を必ず描こうと決心して、カイは眠りについた。

12

ミノリのつぎの恋は早かった。今度の相手は、エドさんより若かった。たった十七歳うえにすぎない。ミノリの大学生活は、ほぼひと回り以上年の離れた男たちとの恋愛と並行していた。一番の年上は妻に先立たれたある会社の常務で、年齢差は四十六歳だった。ミノリは、年をとると下のヘアまですべてシルバーになるのだといって笑ったが、還暦を過ぎた男とのセックスはカイには想像もできなかった。

カイの仕事は順調な広がりを見せていた。商業ベースのイラストは、速乾性のアクリル絵の具や水溶性の色鉛筆を使用した。ほとんどは雑誌のカットや本やCDのカバーとして世にでていく。なかにはキャラクターグッズになるものもあった。メーカーの都合ですぐに製造は中止されてしまったが、カイのキッチンには未使用の絵皿のセットが一《ひと》揃《そろ》い箱にいれられたまま眠っている。

自分の個展で見せる絵は、対照的にじっくりと時間をかけた油彩作品だった。こちらに妥協はなかった。もっともトレードマークの木と少女というモチーフは、商品でも作品でも変わらない。カイは多くの日本人アーティストとは異なり、つぎつぎと新しいテーマを展開するタイプではなかった。このまま死ぬまで木と少女の命を描き続けても、きっと退屈することも、題材を極めつくしてしまうこともないだろうと思う。自分のテーマを早く見つけられたことは幸運だった。あとはその道を極める過程で、果てしなく技と感性を磨いていけばいい。

ミノリは夏休みには必ず風の丘の家に帰ってきた。

東京の土産はいつも植物の写真集だった。地元では手にはいらない大判の洋書である。カイは土産などいらないといつもいっていたが、ミノリは自分が勝手にすることだといって譲らなかった。自分のしたいことは勝手にする。それも徹底的に。恋愛やセックスだけでなく、友人に対しても変わらなかった。

ミノリは友人がすくない。ことに同性の友人がほとんどいなかった。小学生のころからミノリの美しさと激しさは、穏やかな海辺の街では危険なものだった。同世代の子どもたちはあこがれながら警戒して距離をおき、ミノリを別な生きものとしてあつかった。年上の男たちは将来は手が届かなくなるに違いない美少女に何度でも執拗《しつよう》に手をだしてくる。対抗策としてミノリが身につけたのは、ゆっくりと凍らせた氷のような徹底した無視だった。そんなことができる小学生は、どんなクラスにいても浮いてしまう。しかも、ミノリは成績も優秀だったので隙がなかった。男女をあわせても友人は片手で足りるほどで、誰からもその筆頭にあげられるのが、幼馴染みのカイだった。

「ここの景色は変わらないね」

日ざしがはいるカイの部屋の窓辺だった。ミノリは白いシャツの第三ボタンまで開けて、スツールに腰かけている。木枠の窓から海風が吹きこんできた。レースのカーテンとミノリの栗色《くりいろ》の髪が揺れた。また髪の色を変えたようだ。

「動かないで」

カイはデッサンの手を休めなかった。帰省するたびに、ミノリにはモデルになってもらっている。こちらのほうが気兼ねなく話ができるのだ。

「海は昔のままだし、風の丘のなだらかな感じも、あのケヤキの木も、ぜんぜん変わらない。うちとカイの家はちょっと古くて、ぼろくなったけど」

中学生のミノリの薄い皿を伏せたような乳房を再現しようと、クロッキー帳にむかったものの、結局あきらめたことがあった。あれから、もう十年近くが流れている。ミキほどではないが、今では形よくふくらみ、白いシャツの開きから裾野の白さをのぞかせている。

「そうだね。話してもいいけど、角度を変えずに」

斜め四十五度を保ち、視線をなにもない部屋の一点に据えたまま、ミノリがいった。

「わかってるよ。わたしがカイのモデル何年やってると思うの。人生の半分以上だよ。モデル料もらいたいくらい」

「はいはい、ありがと」

ミノリの顔をデッサンするのは、普通のモデルを描くよりずっとむずかしかった。外見だけをとらえるには、あまり人物の内面をしらないほうがいいのかもしれない。カイはあまりにミノリとミノリの内側にある欲望についてしりすぎていた。絵を描くたびにこんなものではないと迷うけれど、結果的に絵のなかの女性の複雑さは深まっていく。

「最近、あちこちの女性誌とかでカイのイラスト見るよ。ずいぶん稼いだんじゃない?」

それは大学でもよくいわれることだった。美術専攻なのに、学生だけでなく教授さえ、意外なほど金にはうるさい。美術の世界も世間の一部なのだろう。

「うん、絵の具とキャンバスくらいしか、お金はつかうことないから、けっこうたまった。ミノリにモデル代払ってもいいよ」

窓辺のミノリはつまらなそうにいった。

「ふーん、そうなんだ。わたし、そんなのいらない」

そういうだろうと思っていた。ミノリはカイを困らせたいだけなのだ。これまでの数千時間にわたるデッサンのモデル代を請求されたら、とても払える額ではない。ヌードでなくとも、モデルの時給は高額だ。

「お金はためているところなんだ。いつか、この家を買おうと思って」

「へえ、驚いた。大学生で家を買うために貯金してるの、全国でもカイだけだよ、きっと」

カイは6Bの鉛筆をクロッキー帳に走らせる。線を引いているときが、もっとも心が落ち着く時間だ。

「この家とケヤキとミノリが、ぼくに絵を描かせてくれた。ここは古いし、大家さんも年で早めに手放したいから、安く譲ってくれるって」

ミノリがなにかを考える顔になった。細い眉のあいだにしわが寄る。実際にしわを描きこまずに、この真剣な表情が描けるといいのだが。

「カイは一生、風の丘の家で過ごすんだね。東京とか、外国とか見てみたいと思わない？　わたしはこんな街に縛りつけられるの、絶対に嫌だな」

手を動かしながら、カイは考える。

「それは旅行くらいなら、世界中いきたいよ。個展やイラストの打ちあわせで、東京なら年に何回もいってる。でも、そこで暮らすとなるとなにか違うんだ」

「カイは冒険しないもんね。住む場所でも、恋愛でも」

非難された気がして、デッサンの線が狂った。

「……そうかもしれない」

「カイはさ、今までふたりしかしてないよね、セックス」

高校時代のガールフレンドと、予備校で出会ったミキだけだ。

「ミノリは？」

「三桁はいってないけど、たぶん七十人は超えてるかな。数字なんて、もうはっきりしないよ。カイは一生、女をふたりしかしらないでいいの？　男としてそれで満足できるの」

「………………」

返事などできなかった。映画を観れば、女優は美しいと思う。街を歩いていて、きれいな女性を見つけると目が吸い寄せられてしまう。でも、それとセックスはカイの場合違うのだ。

「自然に数が増えるならそれはいいけど、無理して増やそうとはあまり思わない」

「慎重派だよね。今日だって、あとでミキさんがくるんでしょう。またなにか手づくりのおやつ、もってくるのかな」

ミノリのモデルの時間が終わるころ、ミキは必ずやってきた。カイが頼んだわけではない。だが、ミノリとカイをふたりきりにしておくのが、嫌なようだった。昨日のさしいれは、焼き立てのワッフルだった。今日はなにを用意してくるのだろうか。たっぷりとかけられた甘いメープルシロップを思いだし、カイの舌がしびれた。

13

「デッサン、終わったの？」

奇妙なほど明るいミキの声が、階下の玄関から響いた。ミノリはシャツの第三ボタンをあわててとめた。丸まっていた背が伸びる。カイも同じ反応だった。

「ああ、もうだいじょうぶ」

カイの返事と同時に、開いた戸口からミキが顔をのぞかせた。カイはクロッキー帳を広げ、ベッドの手前の椅子に腰かけている。ミノリは窓辺に立っていた。カイはふたりの距離を正確に測っていた。ガールフレンドに誤解をあたえたくない。

ミキはミノリと同じ白いシャツにジーンズ姿だった。ファストファッションのお手軽な品だ。ミノリのほうは海外ブランドの高級品である。カイの目からは素材はさして違わないように見えるが、異なるのはカットと縫製だった。ミキは全体に丸くもっさりとしていて、ミノリはすっきりと身体のラインが浮かびあがっている。

「今日はお手製なんだ」

ミキが右手のショッピングバッグをかかげた。甘い匂いが流れてくる。カイの部屋は紙と木と絵の具の匂いしかしないので、ひどく異質な香りだ。

「ありがとう」

「ドーナツ揚げてみた。ミノリさんもどうぞ」

ミノリがよそゆきの笑顔でいった。

「毎日さしいれするなんて、ミキさん、えらいね。わたしだったら、カイになんてなにもやらないよ」

ミノリのひと言で、ようやく雰囲気がほぐれた。

「ミノリが料理苦手なだけだろ」

ミキは料理が好きで得意だが、ミノリは正反対だった。幼馴染みだが、カイはミノリの手料理やスイーツをたべたことがない。

「わたしは自分でちゃんと働くから、そこそこ働く料理上手な男の人がいいなあ。あんまり仕事熱心で出世欲がある男はパス」

ミキがサイドテーブルにドーナツの箱を開いた。魔法瓶からコーヒーを注《つ》いでくれる。北欧製の分厚い陶器のカップはカイの部屋に用意してある。椅子が足りないので、ミキはベッドに腰かけた。

忘れていた。カイは開いたままのクロッキー帳をさりげなく閉じた。自分が描いたミノリの絵を、ミキには見られたくない。

「ミノリさんは卒業したら、進路はどうするの？」

ミキのドーナツにはシナモンシュガーがたっぷりと振られていた。樹皮の香りと猛烈な甘さが、ブラックコーヒーによくあう。ミノリは軽く肩をすくめていった。

「インテリア関係の仕事をしようと思ってる」

コーヒーをすすりながら、カイは、ふた回りほど年の離れたインテリア輸入商社の社長だか専務だかの話を思いだした。ミノリの昔の男だ。このところミノリの恋人は、インテリア業界の関係者が多いようだ。

「贅沢はできないけど、日本も仕事よりプライベートの生活を大事にするようになると思うんだ。すこしずつお金をためて、お気にいりの家具を買うとか。きっと不景気とか関係なく、将来も安定してるような気がするの」

ミキは目を輝かせた。

「わたしなんて、田舎の中学でへたくそな生徒に絵を教えておしまいだろうな」

ミノリがちらりとカイの目をのぞきこんだ。

「わたし今、インターンとして働いているんだけど、このまえイタリア研修にいったんだ。新作家具の買いつけに同行したの」

「いいなあ」

ミキの素直な賞賛の声が漏れると、ミノリはいった。

「ミラノ・サローネっていうインテリアの展示会があって、その年のトレンドがわかるんだ」

大学を十日ほど休んで、ミノリはその年上の男とイタリアに旅行していた。セックス三昧の旅で、仕事のない日はホテルにこもってずっと裸で過ごしたといっていた。ミラノのホテルは水回りが貧弱だそうだ。愛人としてのご褒美の旅行でも、展示会を見学しておくのは、ミノリの将来の仕事の役には立つだろう。

「今年はどんなのが流行りだった？」

「ああいう前衛的なインテリアは、そのときにお金をもっている人の趣味に引っ張られる。今なら中国の成金か、中東の王族。今年はやりすぎなくらい装飾過剰なのが多かったかな」

「へー、すごい」

またもミキは讃嘆《さんたん》していた。カイは考えている。

イタリアまでの往復の航空チケットとホテルの宿泊代金。飲食や土産物にも余計に金がかかることだろう。余計な愛人ひとり分で百万を超える経費が発生しているはずだ。金もちの年上の男たち。カイもミノリにきいて、だんだんと気づいていた。

若く、人目を惹《ひ》くほど美しい女たちの多くは、裕福な年上の男たちのものなのだ。インテリアの仕事をしたがっている女子大生に、ミラノ・サローネを見せられる同世代が何人いるだろうか。ミノリでなくとも、年上を選ぶのは無理なかった。そういう男たちは、金があるだけでなく、洗練された趣味と悪くない性の技巧を有している。要するに遊び慣れているのだ。

それに対して、自分は?

自分の部屋にこもって、毎日絵ばかり描いている。カイは胸のなかが虚《うつ》ろになるほど劣等感を抱いた。ミラノの展示会と自分は一生無縁だろう。ミノリは最初のひと口だけドーナツに手をつけて、あとはコーヒーだけのみながら、女王さま然と微笑んでいる。

「あのさ、ミノリにはなにかコンプレックスとかないの?」

ミノリは余裕で笑っていった。

「そうだね。ミキさんみたいに胸がおおきくないことかな」

ミキは童顔で愛嬌《あいきょう》のある顔立ちだが、身体は欧米のグラマー女優のようだった。その手の女優はたいていは脇役だ。ミノリはスレンダーで知的な身体をした主演女優のタイプである。

「というのは冗談。普通に生きていけないのが、コンプレックスかもしれない。わたしだって、同じ年の男子学生とかと、普通の恋をしてみたいなって思うときがある。でも、そういうチャンスがきても、そんなのつまらないって自分から断っちゃうんだ」

カイの目をのぞきこんできた。そっと視線をはずす。

「例えば、カイみたいな、誠実で才能もちょっとある人なら悪くないと思うんだけど、いざとなるとね」

微妙な間をおいて、ミノリがひひっと息を吸うように笑った。ミキがカイとミノリを交互に見ている。カイは三人でいっしょにいるときの奇妙な居心地の悪さを感じていた。ミキとミノリが同席していると、嵐のまえの空のようないつ崩れるかわからない熱や湿度を感じるのだ。

「ちいさなころから、あまりにしりすぎているから、カイとはやらしい気分にならないんだよなあ」

ミノリがミキのほうにむき直って、いきなりいった。

「わたし、上半身ヌードになったことがあるんだよね」

いったい急になにをいいだすのだろう。カイの胸の鼓動が倍になった。薄い皿を伏せたような中学生の乳房を思いだす。

「初めて男の人に裸を見せたのは、カイだったんだ」

そのとおりだ。カイが初めて射精を女性に見せたのは、ミノリだった。もう遥か昔の出来事に思える。ミキの頬が赤くなっていた。嫉妬か、怒りか、興奮なのか、カイにはわからない。

「ミキさん、安心してね。それでもなにもなかったんだから、今さらカイとなにか起きたりしないよ。ねっ、カイ、わたしたちは誰よりも正直な親友だもんね」

ミキが必死にこちらを見ているのがわかった。カイはあいまいにうなずく。ガールフレンドにははっきりと宣言しておいたほうがいいだろう。

「うん、ミノリとは一生男と女の関係にはならない」

カイはその宣言をミノリの目を見てはいえなかった。自分のなかにうしろめたいものを感じる。ミノリと寝たいわけではなかった。だが、ただの友人というには、おたがいに欲望の秘密をしりすぎている。ミラノのホテルのバスルームで、ミノリは年上の男の顔に小便をかけたといっていた。インテリア輸入商社の社長だか専務だかは、そのプレイが好きなのだ。

ミノリがとりなすようにいった。

「そういうこと。ミキさん、安心してね。じゃあ、わたし夕方から、友達と飲み会があるから、もういくね。続きはまた明日」

ミノリはドーナツを残して、さっさとカイの部屋をでていった。はずむように階段をおりる音、玄関のドアが閉まる音がきこえる。カイはしっていた。ミノリはカイのデッサンモデルになったあとは、おかしなほど欲情するのだ。今夜はこちらにキープしておいたセックスフレンドとデートするはずだった。

ミキの声はかすれていた。

「ミノリさんって、いつ会っても素敵な人だね。女のわたしが見ても、ほれぼれするくらい。カイ、お願い」

椅子に座ったカイに、ミキが抱きついてきた。ベッドをおりて床をはうようにきたので、カイの腰を抱く形になる。ミキはカイのジーンズの腰に顔を埋めた。何度も息をして、男の匂いをかいでいる。

「カイはそのままでいて」

ジーンズのファスナーを開いた。ボクサーショーツのまえに鼻を押しつける。

「セックスって、独特の匂いがあるよね。よかった、カイはミノリさんとしていない」

「ミノリとはそういう関係にならないっていっただろ」

「わかってる。でも、ミノリさんとカイを見てると、頭でそうわかっていても、ぜんぜん安心できないんだ」

ミキは丸い指をショーツにさしこんで、やわらかなペニスを抜きだした。

「きれいだね。わたし、男の人のをこんなふうに感じたことなかったよ」

先端にキスすると、一度に口のなかに収めてしまう。ミキは舌をつかい、ゆっくりと頭を振り始めた。カイは子どものころから使用している学習机の椅子で、足を伸ばし目を閉じた。ペニスにふれる濡れた舌の感触が心地よかった。相手がミキなのか、ミノリなのか、あるいは世界中にあふれる顔もしらぬ女性の誰かなのか、わからなくなる。

ミキは昨日もミノリが帰ったあと、壊れるほど興奮してカイを求めてきた。カイには女性の心がわからなかった。刺激にしびれたようになり、しばらく全身をあずけた。むきだしのペニスに冷たい風を感じて、目を開いた。ミキと目があうと、カイに衝撃が走った。ミキの目は真っ赤になっている。口で愛撫《あいぶ》しながら、泣いていたのだ。

「どうしたの?」

カイはミキの髪に手をおいて囁いた。ミキはわずかに首を左右に振った。

「どうもしない。でも、ミノリさんには近づかないで。あの人はとてもきれいで、頭もいい人だけど、カイを幸せにしない気がする」

それだけいうとミキはカイの全長を、のどの奥までのみこんでしまった。この子に無駄な心配をさせてはいけない。カイは献身的に尽くしてくれるガールフレンドの頭をなでながら、そう決心した。

ミノリとは宣言どおり、これからもなにもないだろう。だが、それだけではダメなのだ。ミノリの匂いを消す努力を、これからは細心の注意でおこなわなければならない。ミノリの存在で、ミキを傷つけるわけにはいかなかった。ミキはミノリとは別の意味で、カイにはとても大切な人だった。結婚するならミキのような女性がいいと、ミノリにはいわないが、心の底では思っている。

そのあとの行為で、ミキは昨日と同じように乱れた。カイのベッドをくしゃくしゃに乱して、帰っていく。女性の嫉妬と欲望の関係は、カイには謎だった。先ほどまで泣いていた人が、幸福感に満ちた輝かしい表情を見せる。抱かれること、女性としての機能を精いっぱい使用すること、それがこの満ち足りた笑顔につながるのだ。

セックスを必要以上に過大評価することはない。けれど、この心の地下に潜んだ力を無視したり軽んじたりすれば、動物としての人間の幸福もその分だけ貧しく、傷つけられることになる。

カイはその日、性の秘密の欠片《かけら》をミキに教えられた気がした。

その夜遅く、カイの部屋の窓にこつんと小石があたる音が鳴った。カイはベッドをでて、窓を開けた。夏の夜の甘い草の匂いが流れこんでくる。窓のしたにはジーンズのまえポケットに両手をつっこんだミノリが立っている。見あげてくる目が夜のなか強く光った。

「うちに帰る途中なんだけど、ちょっと寄っちゃった」

ミノリはすこし酔っているようだ。

「ちょっと待って」

カイは足音を忍ばせ階下におり、勝手口の扉の鍵を開けた。父は二階の自分の部屋で寝ている。ミノリがはいってくると、冷蔵庫からミネラルウォーターのボトルを抜いてわたしてやる。ミノリが冷たい水をのむ。白い首筋を見せて、ミノリが冷たい水をのむ。きれいな野生動物が湖の水でものんでいるようだ。手で口をぬぐっていった。

「ふう、今夜は激しかったから、水がおいしい」

カイは微笑んで、ミノリを眺めていた。

「そう。高校時代の彼氏その二だっけ」

ミノリはいつでも呼びだせる男を、離れた街に四、五人ほどキープしていた。

「ピンポン、あたり。わたしさ、カイのモデルになったあとって、めちゃくちゃ興奮するんだよね。なんでかなあ」

ミノリはダイニングテーブルに席をとり、にっと歯をむきだして笑った。やはり野生動物だ。

「やっぱりカイにずっとやらしい目で見られてるせいかな」

「えっ、ほんとに。気がつかなかった」

ミノリは軽くひと口水をのんだ。

「嘘、嘘。いつもでたらめに真剣な顔して、デッサン描いてるよ。でも、その顔にも興奮しちゃう」

カイはミノリの正面に腰かけた。頭上には白熱電球のペンダントライトがひとつさがっている。風の音と境界のケヤキの梢が鳴る音がきこえた。ここは風の丘で、一年中風がやむことはない。それぞれ別の相手と性交したあと、こうして夜遅くふたりでむきあっている。おかしな感覚だった。

「ぼくらもミノリが帰ったあとはひどかった。ミキに匂いをかがれたよ」

「なんの匂い？」

「ミノリとぼくがセックスしなかったかどうか直接、確かめられた」

「ははは、わたしのとカイのが混ざった匂いかあ。ミキさん、なかなかやるね。セックスの匂いって、絶対ほかのと間違わないもんね」

それから、ミノリはその夜の相手との様子を詳細に語った。かつて大学生だった男は、今は地元の書店で研修期間中だという。本が詰まった段ボールを毎日運んでいるせいで、だいぶ筋肉質になっていたそうだ。

カイもミキとの行為を細かく話した。不思議なのは、ミノリに話していると、興奮が実際の行為中よりも強くなることだ。

「そうか、いきなり舐められちゃったんだ」

「うん、それにちょっと泣いてた」

そのあとの言葉はミノリにはいわなかった。うわ目づかいでミノリがいった。

「カイ、今、立ってる？」

「うん」

「わたしもちょっと濡れてる。ていうか、だいぶかな」

カイとミノリの目があった。視線が物理的な力になって相手の心のなかに、ずぶずぶと分けいっていく気がした。自分の心も犯されているし、相手の心も犯している。

「わたしね、セックスをしただけじゃ、ぜんぜん終わった気がしないんだ。全部が終わって、男と別れたあとで、カイにこうして全部報告する。それでやっと、あーすっきりしたっていう気になるんだよ」

カイの声がかすれてしまった。興奮しすぎているのだ。

「ぼくもだ。ミノリに話をするのが、続きでする二度目みたいだ」

ミノリは目を伏せて、透明な水を身体のなかに流しこんだ。

「なんだかおかしいね。こんなことしてるのは、世界中でわたしたちだけだと思う。おたがいに隠しごとをせずに徹底的に正直でいるって、興奮するけどむずかしいね」

オネスティは困難なのだ。どれほど相手に対して誠実でも、それが世界の基準とずれたとき、その別な基準のなかで誠実で正直でいるには、別な種類の力を必要とするのだった。

「さて、カイに話してすこしすっきりした。明日のデッサンは十時からでいいの？」

「うん、準備して待ってる」

ミノリは空になったペットボトルをカイにさしだした。

「これ、ありがと」

冷たい指先がカイの指にふれた。これ以上の接触はふたりのあいだには生涯ないのだ。そう思うと切なくもあり、誇らしい気もちにもなった。

「帰って、オナニーでもして寝るよ。じゃあ、カイ、明日ね」

「うん、また明日」

ミノリが静かに閉めた勝手口のドアを、カイはしばらく見つめていた。夏の夜の生ぬるい空気が身体にまとわりついてくる。明日はミノリのなにを描こうか。あの生きいきとした命とこの切ない気もちを、なんとか一枚の紙のうえに描き切りたかった。

カイはペンダントライトを消すと、足音を立てずに階段をあがり、自分の部屋の窓辺に立った。風の丘の斜面を家に帰るミノリの背中が見える。ミノリが明かりのついていない双子ハウスに消えるまで、カイは後ろ姿を見守り続けた。

14

大学を卒業したミノリとカイは、それぞれの道を選んだ。

ひと足早く社会に出たミノリはイタリア旅行にいった男の会社とはまた別なインテリア輸入販売商社に就職した。美しいものにずっとふれていたいし、それを人に紹介する仕事がしたかったのである。ミノリはその会社の男とは、まだ誰とも寝ていないという。すこしいい雰囲気の専務がいるけれど、フレッシュマンのあいだは手をだすのを我慢するそうだ。

一年遅れて、カイはそのままプロの画家・イラストレーターとなった。もちろん将来に不安がないわけではなかった。惰性でこのままプロになってしまっていいのかという迷いもある。だが、カイにはもう美術教師の道は考えられなかった。学校や会社といった組織のなかで生きていく自分がうまくイメージできない。大学院に残って決断を数年先に延ばしても、迷いの質も深さも変わらないだろう。それならば一刻も早くプロとして仕事を始め、一歩でも前進したほうがいい。進路の決断まで、さしたる時間はかからなかった。

カイもミノリも、人生や生涯の仕事をあまり深刻に受け止めていないところがあった。いくら悩んだところで、その仕事や会社がほんとうに自分にむいているのか、実際に試してみるまではわからない。無理ならば自分を殺して続けるのは困難だし、別な道にすすむことになるだろう。適性があるようなら、その仕事を懸命に続けるだけだ。

第一、自分などさして重要なものではなかった。この時代を生きている無数の若者のひとりにすぎない。なにがあっても、これだけ豊かな国だ。なんとか生きていくことくらいできるだろう。ふたりにはおおきな夢がないだけに、生きることが気楽だった。世のなかにあふれる就活本も、大学のキャリアガイダンス課も関係なかった。生涯賃金も、将来の保証や年金も、計算しない。

周囲の空気や流れを読まずに決断できるのなら、就活はただの通過点にすぎなかった。

カイの生活は楽ではなかった。

プロといっても、絵画やイラストの仕事では生計を立てるだけで精いっぱいである。学生のアルバイトとフルタイムの仕事では、収入への期待も変わる。だが、その期待通りに絵の仕事は増えなかった。学生時代からためていた預金をすこしずつ切り崩しながら、カイは絵を描き続けた。公務員の父と同じ家に暮らしているので、その分だけ有利だったのかもしれない。カイは大学を卒業してから、家にいくらかの金をいれるようになったが、それはこのあたりの家賃よりも低い額だった。

雑誌や広告の仕事が多い東京でなく、地方都市でプロとして仕事をする不利もあるはずだが、カイはあまり真剣に考えなかった。東京にいけば、ライバルの多さや生活費の高さといったマイナスもある。結局差し引きゼロになるのではないか。自分はあたえられた仕事を全力でやり、余った時間に好きな絵を描ければ、それでいい。カイは頭ではなく、目と手をつかって生きている。その分、生きかたは単純で飾りのないものになった。

カイにとって幸運だったのは、二年ほどして海外からの引きあいが生まれたことだった。日本の新進アーティストを紹介する大規模な展覧会が、国からの補助を得てヨーロッパの主要都市を巡回した。カイの作品三点がそのなかに選ばれている。どれも緑の木と少女の作品だった。

展覧会は盛況のうちに終了したが、翌月現地のコーディネーターを通じて、カイの絵をあつかう画商にカタログの請求が届いた。もっとカイの絵を見たい、気にいればこちらで展示即売会を開きたい。不思議なのは、届けられたオファーの二通が、どちらも北欧の国だったことである。フィンランドとスウェーデン。画商は笑いながら、両国とも森が深く、緑が豊かで、しかも東洋人の女性の人気が高いからではないかといった。プロの画家には画力が大切だが、同じくらいモチーフも重要だ。

絵が売れる理由など、どうでもよかった。美術の世界では、いまだに海外での評価が逆輸入されることが多い。北欧ですこし絵が売れたと美術雑誌で紹介されると、不思議なことにカイの絵の価格は上昇し、地方の公立美術館の購入が増えた。

同時期にカイは婚約している。ミキからの圧力に流されるまま、仕事を選んだときと同じように、惰性で決めた婚約だった。といって、カイにほかの選択肢があったわけではない。カイは大学生になってから、ミキ以外の女性とつきあったことはなかったし、つきあいたいとも思わなかった。

仕事柄、出会いの機会はすくなくなかった。アートの世界では容姿や金銭よりも才能が第一の魅力となるので、近づいてくる女性も何人かいた。けれど、カイはミキとつきあい続け、ミノリと人にはいえない密かな欲望を分けあい続けた。

ミキとの関係が退屈して饐《す》えたものにならないのは、ミノリのせいではないか。カイはときどきそんなふうに考えることがあった。ミノリとは肉体関係も恋愛関係もない。だが、ミキにいえない秘密を共有しているのは確かだ。その秘密がミキとの恋愛を芯の部分で支え、つねに新鮮にしてくれているのかもしれない。

「もうそろそろいいよね」

それが結婚をいいだしたときのミキの最初の言葉だった。友人の個展を見にいった帰りの冬の道だった。

「なにがいいの?」

カイは表面上そうこたえたが、ミキのいいたいことはわかっていた。すこし絵が売れるようになったころから、ミキの結婚へのアピールは始まっていた。二十代なかばなら、もう早すぎるということもなかった。ミキ自身も中学校の美術教師として、ばりばり働いている。

「もう七年以上になるよね、わたしたち」

市役所のある通りは閑散としていた。自動車は走っているが、すっかり葉を落としたイチョウ並木に人影は見あたらない。

「そうだね……」

「カイはわたしのほかに誰か気になる人はいないよね」

そういわれて、真っ先に浮かんだのは東京六本木のインテリアショップで働くミノリだった。そういえば、ミノリは次期社長の噂のあるあの専務とベッドをともにしたといっていた。すごくよかった、大人は違う、と。

「いないよ」

イチョウの葉を巻きあげながら、黄色いフォルクスワーゲンが通りすぎた。カイは人

のような気分になるのだろうか。

「だったら、わたしたち、もう決めてもいいんじゃないかな」

なにも返事ができなかった。なぜ男性は結婚を迫られると、犯行を自供する犯罪者のような気分になるのだろうか。

「わたしだっていい年だし、カイが結婚はしたくないというなら、ほかの方法を考えなければいけないと思うんだ」

ほかの方法とはなんだろうか。カイはぼんやりと考えてみる。ミキが高層ビルの屋上から飛び降りるつもりで、この話を切りだしているのはわかっていたけれど、つい質問してみたくなる。ぼくと別れて、どんな別の道があるの？　カイは上品で臆病な人間なので、そんなことはきかなかった。どこか淋しい気分で、こういっただけだ。

「そうだね、ミキのいうとおりだと思うよ。きっとそろそろ決着をつけたほうがいいのかもしれない」

うつむいていたミキが顔をあげた。冬の夕暮れでも、頬に赤みがさし、輝いているのがわかる。

「それ、本気だよね。カイはわたしと結婚してもいいと思ってるの？」

カイは弱い男で、いい人の振りをした。

「うん、思ってる」

「よかった。わたし、カイが結婚してよかったと思ってくれるように、一生懸命がんばるよ」

ミキがさしだした手をにぎって、カイは自分のダッフルコートのポケットにいれた。やわらかいけれど、冷たい手だ。男と女では指のやわらかささえ異なる。ミキが肩に頭をもたせかけてきた。髪の匂いがする。

カイは、自分はこの人と結婚するのだと考えていた。それで別にかまわない。誰にも嘘はついていなかった。本気でミキと結婚してもいいとカイは思っていた。もっとも同時に、本気でミキと結婚しなくてもいいとも思う。

就職がそうであったように、カイには結婚もそれほど重要なものではなかった。結婚しても、しなくても、自分は自分の絵を描き続けるだろう。ミノリとも欲望の秘密を、どこまでも分かちあうだろう。結婚はカイにとって、もっとも重要なふたつのことがらに影響することはないのだった。

結婚式は親族とごく親しい友人だけを集めて、市の結婚式場でおこなわれた。チャペルは東欧にあった古い教会を移築したもので、その結婚式場チェーンの名物だった。宗教とは無関係だが、形だけはキリスト教式の結婚式だ。カトリックかプロテスタントか気にする参列者は、すくなくともこの地方にはいなかった。

新郎の控室は姿見の周囲にバブルランプがついた劇場の楽屋のようだ。式の三十分まえに、ミノリがやってきた。グレイのウエストを絞ったワンピースには、手のこんだレースの黒い襟がついている。

朝からの段取りにすっかり疲れ切ったカイの肩を叩くと、ミノリはいった。

「そんな顔してちゃダメだよ。ほら、花婿なんだから元気だして」

カイはミキが選んだ白いタキシード姿だ。自分がとんでもない道化に思えてたまらない。手にしていた白い手袋をテーブルに投げた。

「今すぐこの貸衣装を脱げたら、なんでもするんだけどなあ」

「それ、式を辞めるってこと？」

カイは一瞬、見せかけのチャペルから逃走する自分の姿を想像した。映画のように誰かの手を引いているはずだ。なぜか、それはミノリの手だった。幼馴染みから目をそらしていった。

「いいや、ジーンズと白シャツで式にでられたらって意味」

「それはそうだよね。今さら逃げるわけにはいかないものね」

ミノリが力をこめて笑ったように見えた。カイの目を見つめる。

「結婚おめでとう、カイ。ちょっと早い気もするけど、わたしはミキさんでよかったと思うよ。彼女なら、自分のことよりカイのことを大切にしてくれそうだから。ミキさんはカイの才能に惚《ほ》れこんでるもの」

カイはにやりと笑ってうなずいた。

「あと、男としての魅力にもね」

ふふふっと馬鹿にしたようにミノリが鼻で笑う。

「カイって、才能あるの、絵を描くときだけでしょ。いつも正常位で、たまにバックでするくらいだしね」

ミキとのさして派手でもない性生活をカイはミノリにすべて話している。カイは形のバリエーションに凝るほうではない。ただヌードのデッサンモデルになってもらったあとは、必ずセックスしていた。去年の夏にはミキの身体に水彩絵の具で、ボディペインティングを施し、そのまま絵の具まみれでカラフルなセックスをしたこともあった。その真夜中、カイはよろこび勇んで、ミノリに電話をかけた。カイにとってセックスには二重の愉《たの》しみがあった。一度は実際に肉体を重ねる性行為で、二度目は事細かに回想しながらミノリにすべてを話す愉しみだ。

ミノリがからかうような笑みを浮かべていう。

「今夜はいちおう初夜だよね。明日にでも、報告してもらおうかな」

「わかった」

ミノリは結婚式の式次第を載せたパンフレットをもてあそんでいる。表紙のイラストはカイの初期の作品だった。高校生で初出品して、県展で銀賞を獲った油絵だ。その絵に決めたのは、ミキの意見だ。

「この絵の女の子、わたしだね」

「うん、あのころはモデルはミノリしかいなかったから」

「ミキさん以外にもモデルがたくさんいる今だって、やっぱりカイの描く女の子はわたしに似てるよ。肖像権をもらいたいくらいだな」

カイは肩をすくめた。幼稚園児のときにあの境界のケヤキの下で、ぼくたちは出会った。それからもう二十年以上の歳月が流れたのだ。ミノリは百人に近い男たちと寝て、自分は二人目の女性と結婚しようとしている。不思議な気分だった。

「いいよ、いつかぼくの絵がルーブルとかテート・ギャラリーに飾られるようになったらね」

そんなことになる確率は低いだろうが、実際にそうなったら新たにミノリをモデルに一枚作品を仕あげ、プレゼントしよう。肖像権分くらいの価値には十分なるはずだ。

「新婚旅行はいつ？」

「ミキが長期休暇をとれる夏休み。北欧を中心にヨーロッパをまわってくるつもりなんだ。むこうの担当者にも会ってくる。ぼくのことはもういいよ。それよりミノリは最近どう?」

ミノリは口元をへの字に曲げていった。

「大人ってむずかしいよね。うんと若いころみたいにセックスも、セックスだけじゃなくなってくるもん」

「例の専務とはうまくいってないの?」

「ううん、彼との相性はバツグン。毎回エッチはすごくいいよ。誰かさんとは違って、バリエーションも豊富だしね」

専務は五十すぎのはずだった。自分が今の倍の年齢になって、セックスをするところはうまく想像できなかった。そのときはミキも五十歳だ。

「だったら別にいいじゃないか。ミノリは結婚するつもりも、子どもをつくるつもりもないんだろ」

ミノリは一瞬のためらいもなくあっさりいった。

「うん、そう」

「じゃあ、なにが問題なのさ」

眉のあいだに深いしわが刻まれた。ミノリのような美人がそんなことをすると、急に場が深刻になるのがおもしろかった。ここは新郎のための控室である。

「うちの会社の派閥は社長派と専務派に分かれているんだ。社長から専務にスムーズにポストが譲られるはずだったんだけど、この不景気でしょう、自分がもっとがんばらなくちゃって社長が腕まくりしてしまって。社長はオーナーの一族にゴマするのがうまいから、このままだともう十年は、彼の社長の芽はないかもしれない」

派閥とかポスト委譲などという話をミノリがするのが新鮮だった。いつもは年上の変態のボーイフレンドとか、出会い系サイトとか、秘密クラブの話ばかりだ。

「どうして平社員のミノリが困るんだ？」

「彼が会社を辞めて、新しい会社をつくるかもしれない。同じインテリア関係なんだけど。そうなったらわたしは今のところに残るか、彼の会社に移るか。おもしろそうだけど、危険はあるでしょう。彼は結婚しているし、いつまでこの関係が続くかはわからない」

ミノリが腕を組んだ。うーんと男のように唸《うな》ってみせる。

「ほら、男ってつきあいが盛りあがってて、会うたびにセックスしてるうちは調子がいいでしょ。でも、別れたとたんにてのひら返しをする人もいるから。それは実際そうなってみないとわからない。新しい会社に移った。恋は終わった。わたしの居場所はもう会社にないってなったら、困っちゃうしね」

「ミノリもいろいろ考えてるんだなあ」

頬をふくらませて、ミノリがいった。

「それはそうだよ。わたしは世間しらずの絵描きじゃないもん。ちゃんとした社会人で、将来のこともきちんと考えているよ」

「将来かあ」

遠い将来のことなど、カイはまったく考えていなかった。ひとつ先の曲がり角なら、まだ予測はつく。けれど数十の選択をしたのちの遠い未来の曲がり角など、どんな形をしているか、まったく予想がつかないではないか。

「わたしは決めてるんだ。結婚もしない、子どももたないなら、自分の手で頼りになるものをつくりたいって。いつか自分のインテリアショップを開くのが、わたしの夢。せっせと海外にいってコネをつくって、こっちでは業界のパーティに漏れなく参加して顔を売っているのも、全部そのためだよ。日本ではインテリア業界もよそと同じで男性社会だからね。若い女性で、スタイルがよくて、顔もきれいという条件はフルに活かさなきゃ」

ミノリはそういって目を輝かせて笑ったが、すこしも嫌味には感じられなかった。カイが幼馴染みの正直さをよくしっているせいかもしれない。

「だけど、夢にはまだ手が届かない。資金もないし、経験も足りない。今、会社を動くかどうかは、ほんとに悩ましいんだ。男の問題なら、とりあえず一度寝てから考えればいいんだけどね」

さばさばと笑うミノリが爽快だった。そういえばミノリの男性経験の話には、湿った雰囲気がなかった。自分で選択して男と寝て、その結果生じる面倒を相手のせいにしないからかもしれない。ミノリは男性よりも、自分の欲望を愛しているのだろう。やりたいから、やる。後悔はしない。そんなふうに割り切ることができるなら、恋愛や性の問題は一気に半減する。

「じゃあ、その結果がわかったら、教えてよ。ぼくの初夜と新婚旅行の話はちゃんと報告するから。ミノリは専務のほかにもつきあってる男がいるんだよね」

「うん。それは別腹」

白いタキシードを着て、これから神のまえで生涯の誠実を誓うカイは、腹を抱えて笑った。婚姻外の恋愛や性行為がすべて別腹で片づいたら、どれほど楽だろうか。

「一番はその専務なんでしょ」

「そうだよ。仕事ができる人だし、ベッドのこと以外でもいろいろと教えてくれる。同世代の男の子は、がつがつしてるだけで、銀行とのつきあいかたなんて教えてくれないからね」

「でも、ほかにも何人かいるんだ」

ミノリは真剣な顔になった。

「まあね。彼は結婚してるし、いつでも会えるわけじゃない。だからいつでも呼びだせる人をキープしてるよ」

「その話は彼にしてるの？」

「してるけど、半分だけ」

半分？　ミノリの話にはいつでも興味をそそられる。カイが理解できる範囲を越えているのだ。

「あなたと会えなくて淋しいから、若い彼がいるとはいってるよ。ひとりだけだって」

「ははーん、そういうことか」

ミノリはまったく悪びれなかった。

「呼びだして、ごはんたべてエッチするだけの相手なら、ひとりどころか十人だっているよ。でも、そういうのは男の人は嫌いだから。自分だって同じでもね」

ミノリはぱちりとまつげの音がするようなウインクをしてみせた。

「わたしは思うんだけど、男の人って想像力に欠けてるところがあるよね。みんな、頭のなかで女ってこういうものだって決めつけて、自分が見たいところしか見ない」

ミノリが遠い目をした。姿見に映るカイと目があうと、女性アナウンサーのように笑ってみせた。

「夢を見たがっているのか、だまされたがっているのか、よくわからない。そのおかげで、こちらは助かるから、別にいいけど」

こつこつとドアをノックする音がきこえた。係員のくぐもった声がきこえる。

「そろそろ式場のほうへお願いいたします。ご新婦さまもお待ちになっています」

カイは立ちあがると、放りだしたままの白い手袋をとった。

「じゃあ、いってくる。ミノリ、また、あとで」

「ちょっと待って」

ミノリはしなやかな指でジャケットのまえを直してくれた。胸に手をおいて、幼馴染みが真剣な顔で見あげてきた。ミノリの目はこんなにおおきく、強い光を放っていただろうか。

「カイ、よく似あってる。タキシード、けっこう素敵だよ。結婚おめでとう」

「ありがとう」

思わず抱き締めそうになって、カイは手をうしろにまわした。控室の扉を開けて、白い服で式場にむかって歩きだす。靴も白いエナメルの道化の靴だ。ミノリがあんなふうに祝福してくれたのだから、少々のお約束につきあうのも別にいいだろう。

その夜、カイはミノリに初夜を報告しなかった。

結婚式と二次会で疲れ切った新郎新婦は、なにもせずに風呂にはいって眠ってしまったからである。

15

風にめくられる白いページのように数年が流れた。

カイの結婚生活は安定していた。絵を描き、ある程度まとまると画商に見せて、それを売ってもらう。海外といっても北欧だけだが、確かに客をつかんだという感覚がカイにはあった。新作を描いている最中から、この絵はきっとあの人に売れるだろうという予感があるのだ。カイがそう感じた絵は実際に国内外のコレクターに引きとられていった。

父とは同じ家で暮らしていても、結婚後はますます疎遠になった。ともに生活するというより、共同でアトリエを借りている絵描き仲間のようである。ミキとは適度な距離を保ち、たがいの仕事にはほとんど干渉しなかった。

予想外だったのは、ミキがひどく子どもを欲しがったことだった。ミキは公立校で美術教師をしているので、産休制度は充実している。制度をうまく利用しながら、四人も産んだ先輩もいるといっていた。カイとミキは避妊をしていなかったので、いつ子どもができてもかまわないとカイは考えていた。子どもは別にいなくともよかったが、ミキと話すときはいつも調子をあわせていた。

「わたしたちの子どもが生まれたら……」

ミキは生まれてもいない子どものために、ベビー用品を買い集めながら、そんなことをよく口にした。きっと数学が苦手で、絵を描くのが得意な子に違いない。あまりおしゃべりではなく、無口だけれど、ときどきひどく頑固に自分の趣味に固執するだろう。変わった模様の石ころやきれいな落ち葉を拾ってくるような子になるだろう。もしかすると、そこに絵を描くかもしれない。石に描かれた顔と枯れ葉に描かれた家。

カイとミキはいまだにセックスレスにはならなかった。馴染んだ道具を手入れでもするように、週に一度の行為は欠かさなかった。どちらがいいだすこともなく、週末の夜のどこかで身体をつなげていた。平日の教師はたいへんに忙しく、ミキが疲れ切っていて無理なのだ。そのカイは絵描きだから、自分の時間をすべて自分のためにつかうことができた。そのカイが指摘するのは公平ではないかもしれないが、この国では職場や仕事が働く人にすべてを要求しすぎるのではないか。働く人の自由時間と精力を当然のように求め、それができない者をやる気のない人間として排除していく。排除の恐怖によって働き手を縛りあげ、組織から逸脱しないよう強制する。カイにとって組織は今も恐ろしいシステムだった。

妊娠の兆候がなかなか見られなかったので、ミキはふさぎこむようになった。カイは妻をそっとしておき、適度な距離をとるようにしていた。母親になれない女性の嘆きは自分には理解できそうもなかったし、半分は自分のせいかもしれない。

「病院で診てもらおう」

夜遅く仕事を終えて帰ってきたミキが真剣な顔でそういったのは、結婚三年後のことだった。カイはくるべきものがきたと思ったが、平静に返事をした。

「いいよ。ミキの気が済むように調べてもらおう」

ぱっと表情を明るくして、妻はバッグから産婦人科クリニックのカタログをとりだした。何日もバッグのなかにいれてあったようだ。カタログの隅が丸まっている。

「そういってくれると思った。このあたりでは先進的な不妊治療で評判の病院なんだよ」

翌週、カイとミキは建築家に設計を頼んだに違いない不思議な形をしたクリニックを訪れた。コンクリート製の折り紙細工。検査は半日がかりでおこなわれた。しっかりと問診したのち、血液をとり、超音波画像診断装置をつかい、ミキは内診を受け、カイは精液を採取することになった。

「いってくる」

採取室は廊下の奥にある電話ボックスほどの広さの部屋で、ふたつ並んでいた。背もたれのついた椅子のむこうには、三十二インチの液晶テレビとＤＶＤプレイヤーがおいてある。何年かまえのアダルトビデオのディスクがラックのなかに五、六枚重ねてあった。

「ふう」

カイはため息をついた。となりのブースに誰かがはいってきたようだ。ドアが開いては閉まる音がする。透明な検体容器が透明なビニールの袋にいれておいてある。カイはアダルトディスクを手にとった。先に精液採取を済ませた男のものだろう。手脂でべたべたとしている。ディスクを見る気はなくなった。さっさと終わらせてしまおう。

カイはジーンズとボクサーショーツを脱ぎ、下半身だけ裸になって椅子に腰かけた。左手に検体容器、右手で芯のないペニスをにぎった。となりのブースから演技じみた女性の声が控え目に漏れてくる。カイは自分がなにをしているのかわからなくなった。屈辱というより、淋しさを感じる。もともとさして子どもなど欲しくはなかった。いつもなら自分の線にだけ集中して、デッサンでもしている時間だ。空しさが募る。

カイは目を閉じた。ペニスに血液を集めるために、イメージを形づくろうと努力した。それは妻のミキではなかった。誰かひとりの女性というより、すべての女性の特性をすこしずつふくんだ女性全体のシンボルのような白い光のかたまりだ。彫刻家がナイフで不要な粘土を削り落とすように、カイはひとつの裸体をつくりあげた。目を閉じたまま、カイは微笑みを浮かべた。いい出来だ。細身のヴィーナス像のような身体はほぼ理想的に仕あがった。ペニスは半分ほど充実してきた。

では、この理想のトルソに頭部をつけるとしたら、どんな顔がいいだろうか。ここでもカイは真っ先にミキを候補からはずした。実際に出会った女性、映画や雑誌で見た女性、さまざまな女性の顔をあてはめていく。顔だけ着せ替え人形のように替えていく遊びはなかなかおもしろかった。カイはほとんど精液採取という目標を忘れそうになる。女優やモデルたちはどれほど美しくても、人間としての厚みがもの足りなかった。もっと自分の心に近くて、その内面をよくしる女性。最後に理想のトルソに、ミノリの高校生のころの顔をあててみた。今よりも幼くて、世界へのあきらめも、生きることの疲労感もなかった。始まったばかりの朝のように輝かしく、自分の欲望への自信に満ちている。

カイの右手でペニスが魚のように跳ねた。

フルに充実して、やわらかな羊の皮で、円柱形の石材でも包んだようだ。

ミキとの子どもを得るためにやってきたクリニックで、ミノリの高校時代に欲情している。そんな自分がおかしくて、笑いだしそうになった。この話をあとでミノリに報告したら、なんというだろうか。きっとミノリなら目を暗く光らせて、わたしのことを考えながらしたらいつもより気もちよかったかときいてくるだろう。

この硬直を逃すことはできなかった。カイはさっさと精液採取の作業にとりかかった。

中年の女性医師によって結果が告げられたのは、三時間後のことだった。カイの精液は、量、精子数、運動率、正常形態率とも問題なしとされた。ミキの超音波と内診の結果も、特段の問題はなかった。

血液検査と遺伝子検査のプリントアウトを見て、女性医師は眉をひそめた。

「これはめずらしいことなんですが、ミキさんとパートナーのかたの遺伝子が、うまく適合しないようです。不可能というわけではありませんが、通常この不適合が起きた場合、とても受精しにくいことが多いんです。でも、あきらめないでください。今はいろいろと医療技術が進歩していますから」

「はい、ふたりでがんばってみます」

ミキはそういったが、カイは女性医師の目をのぞきこんでいた。目の色を隠そうと無理に表情を消している。目があうと、自然な振りをしてそらしてしまった。遺伝子の不適合は、きっとかなりの難題なのだ。進歩したという医療技術をもってしても。

カイはその日から始まる不妊治療について、暗い未来を予測しないわけにはいかなかった。

「へえ、それでうまくいったの？　たくさんでた？」

その夜のミノリの反応はカイが想像していたのとは違っていた。

「ああ、でたと思うよ。でも、このごろは自分のがでるところなんて見ないから、多いのかすくないのかわからない」

カイは二階のアトリエにいた。ミキはしたのリビングでぼんやりとテレビを見ているだろう。昼のあいだに身も心も消耗する検査をしたのだから、夜はそばにいてあげたほうがいい。頭ではそうわかっていたが、カイは自分のアトリエに引っこんでしまった。カイにとってもあの採取作業は屈辱的だった。あんなことを強制したミキに、すこし腹を立てていたのかもしれない。

ミノリの声はその夜、戸外で吹き荒れていた春の嵐のようだった。凶暴で、生ぬるく、鼓膜に官能的だ。

「そうだよね。カイはいつもコンドームなしでミキさんのなかだもんね」

「そっちはいつも気をつけてるもんな。ピルとコンドーム、両方ともつかうんだろ」

ふんっと鼻息が鳴った。

「それはそうだよ。男の人って女の身体のことを、ぜんぜん考えてないでしょう。ピルは望まない妊娠を防ぐため、コンドームは望まない細菌やウィルスを防ぐためだよ」

カイは遠く東京の都心で暮らすミノリを思った。毎日のように顔をあわせていた高校時代が懐かしい。

「ミノリの場合、男の数が多すぎるから、そうやってガードしないとしかたないんじゃないかな。普通はそこまでしないよ」

　電話のむこうでミノリがあきれているのが感じられた。

「あのさ、ミキさんって処女だった？」

「違うけど」

「だったら、カイは、カイと出会うまえにミキさんがつきあったすべての男が安全だって保証できる？　例えばＨＩＶとか。体験人数だってきいてないんだよね」

　カイはひるんだが、口をついてでたのは反対の言葉だった。

「すくなくとも昼間の検査ではＨＩＶはネガティブだったよ。まあ、だいたいでだいじょうぶなんじゃないかな」

「そうやって、あやふやな感覚でだいじょうぶというのが男で、いつだって確実性が欲しくて心配してるのが女なんだよ」

　カイはさっさと白旗をかかげることにした。異性とのトラブルの先触れを知覚したときにとる習慣的な反応だった。捕食動物が近づいてきたときのアルマジロのようだ。身体を丸めて、やわらかな腹部を守る。

「わかった、わかった。これからは気をつけるよ」

「いいよ、別に。わたしはカイと寝るわけじゃないもの。でも、ミキさんにはやさしくしてあげて。きっとこれからつらいことがあるから」

ミノリに不妊治療の話をしたくはなかった。そのつらいことのいちいちに、自分もかかわっていかなければならない。カイは声の調子を変えていった。

「それよりそっちのほうは、最近どうなってるの。あの専務とはどう?」

専務の名は、坂上《さかがみ》。カイはその名を呼ぶことはなかった。ミノリの不倫相手はいつだってただの「専務」だ。

「うーん、セックスはすこしマンネリになったかも。でも、男の人をすこし見直したよ」

「どういうこと?」

「輸入インテリアの世界なんて、狭い業界だからね。会社を辞めて、新しい店をだすのも、もめることはできないんだ。いろいろと周囲にいわれるし、取引先のほうが勝手に自粛したりすることもある」

自分のように好きな絵を、絵が好きな人に売るだけでは済まない世界なのだろう。カイはミノリの目から見る社会が、興味深くて好きだった。自分のしらない野心や打算が渦巻いている。

「それは取引を停止されたりするってこと?」

「そういうのもふくめていろいろ。あれから三年にもなるけど、専務はずっと独立を胸にしまったまま、ばりばり働いてるよ。銀行に話をつけたり、共同のパートナーとは連絡をとりながら。社長の機嫌を損ねないように笑ったまま、腹のなかではぜんぜん別なことを考えてる。店舗のデザインやあつかうインテリアも、見事に今の店とは重ならないからね。男の人が裏切るときって、そこまで深く計算するものなんだ。すごいなあって感動する」

すこし嫉妬を感じた。いくらセックスがよくても、ティッシュのようにつかい捨てにする大勢の男たちに、ミノリは感動したりしない。

「そういうのは特別なんじゃないかな。たいていの男にはそこまでの力量はないよ」

「そうかもね、専務はめずらしいタイプだから。わたしがほんとうに好きになったのって、そんなにいないもの」

カイはその人数を覚えていた。四人だ。ミノリが寝た百人を超える男たちのなかで、ほんとうに好きになった男の数はそれだけ。身体よりも心があう相手を見つけるほうが、ずっと困難なことかもしれない。

「来年には会社を辞めるんだよね」

「ううん、辞めるのは今年の秋くらいかな。専務の店がオープンするのは来年の春だから。わたしはそこで雇われ店長として働くことになる。半年はながいバケーションにするつもり。お店を開いたら、またくちゃくちゃに働くことになるもん」

「休みのあいだはなにするの」

「さあ、旅行したり、いつものように、デートしたり。むこうのインテリアの流行を見るために、ヨーロッパにはいくと思う。それは会社の経費だから、仕事だね。それよりさ、カイはミキさんがほかの男とつきあってたら興奮する？」

考えたことがなかった。ミノリがうれしそうにいう。

「というより、ミキさんが別な男と寝てたらどう？」

胸が苦しくなった。いきなり身体の奥からやってきた嫉妬を隠す。

「うーん、想像できない」

「専務はね、わたしがつきあってるボーイフレンドとのデートについて、すごく詳しくききたがるんだ。それもベッドで、裸で」

仕事のできる中年の男というのは、すこし変わったところがあるのかもしれない。

「詳しく？」

「そう、詳しく。どんなふうにキスしたり、どんなふうに前戯するか。どんな形でつながって、時間はどれくらいかかるか」

「へえ、なんだかよくわからないな」

「わたしもよくわからないんだ。でも、しつこいくらい、わたしがいったかどうかをしりたがる。キスの話では硬くならないくせに、わたしがいったというと、カチカチになるんだよ。女だって普通にすれば、だいたいはいくんだけどなあ。特別なことではないよね」

「そうだね」

男性でも女性でもレイプでエクスタシーを迎えることがあるらしい。専門のカウンセラーはそうした事件に際して、罪悪感で自分を責める必要はないとアドバイスするときいたことがある。身体はときに裏切る。あるいはときとして、身体は機械のように簡単だ。

「おもしろいのはね、最後にちゃんといってあげないといけないの。でも、専務のセックスのほうがぜんぜんいいって。それをいわないと安心できないみたい。ちょっとめんどくさいよね」

ふた回りほど年下の女性から、そんなふうに思われている専務のことを考えてみた。カイは人間にはふたつのタイプがあると考えている。他人の欠点を責めるタイプと、その欠点ゆえに好意をもつタイプだ。カイは調子のいいときは、自分を後者だと見なしていた。専務の不倫も、専務の嫉妬も、専務の安心も、かわいらしいものだった。

「男なんて、いくつになっても変わらないんじゃないかな。ぼくは自分が動物であることを忘れて、立派になっていくだけの人はあんまり信用できないよ」

ふふふと笑って、ミノリがいった。

「だけどさ、どんな形でエッチして何回いったのかとか、相手の人の年齢はいくつでどんな仕事をしてるとか、年収がいくらくらいかっていうのは、余計な情報だと思うんだよね。男の人って、馬鹿なのか賢いのか、よくわかんない」

カイは腹の底でひやりとしながら、笑い声をあげた。自分も確実に馬鹿で賢く、嫉妬深い男のひとりだろう。ミキがほかの男と寝ている場面を想像しただけで、胸が痛くなったのだから。

「新しい相手はいないの？」

「何人かいるよ。専務がおじさんだし、わたしももう二十代後半もいいところだから、若い男の子が新鮮に見えて」

めずらしくミノリが恥ずかしがっていた。

「いくつなの」

「大学二年生十九歳。十個したよ」

「ははは」

「笑いごとじゃないよ。専務って五十すぎでしょう。肌が妙にやわらかくて、なんか張りがないんだよね。彼の肌はパンッと張ってて、すべすべなんだ。わたし、男の人の背中をあんなに舐めまわしたの初めてかもしれない。おじさんの気もち、半分わかった」

「どういう気もちさ」

「今よりうんと若いころ、この肌がいいってたくさんのおじさんに舐めまわされたんだ。ほんと若い肌って、それだけで魅力があるんだね」

「じゃあ、ミノリは今その大学生に夢中なんだ」

電話のむこうで空気が変わった。

「いや、それはない。だって肌がいいだけで、頭悪いし、まだ子どもだもん」

「ほんとにミノリはおじさんみたいになってきたな」

カイは笑って、壁の時計を見あげた。もうすぐ深夜の一時になる。

「そろそろおしまいにしよう。そっちは明日も仕事なんだよね」

「そう、あと半年で辞めるって決めた会社にいくのって、案外たのしいんだよね。自分の机とかきれいに拭き掃除したくなる」

おやすみとおたがいにいい交わして、通話を切った。長電話でのどが熱をもち、声がかすれていた。ミノリはほんとうに子どものころから変わらない。あたたかな気もちでリビングにおりていくと、まだ明かりがついていて、カイはどきりとした。

「まだ起きてたんだ」

ミキが頬杖《ほおづえ》をつき、うつむいていた顔をあげた。ダウンライトを浴びて顔に深く濃い影が彫りこまれている。年齢よりも老けて見えた。床に近い低い位置から照らすスタンドを買ったほうがいい。どんなものがいいかミノリにきいてみよう。

「うん、ちょっと考えごとをしていて。あなたはお仕事終わったの？」

嘘はすんなりと口からこぼれた。

「今夜はもういい」

キッチンにいき、冷蔵庫からミネラルウォーターをだして、ひと口のんだ。ミキがやってきて、背中から抱きついてきた。やわらかな肉が背中の全面に張りついた。耳元で声が響く。深夜のキッチンできく妻の声は、どこか深い井戸の底から届くようだ。

「今日が排卵日で、チャンスなんだ。ちょっとお腹痛いけど、してみない？　それとも昼、病院でだしちゃったから、もう一回は無理かな」

あれから半日がたっていた。十分に可能だ。引っかかるのは、ミキが自分ではなく、子どもを求めていることだった。

「無理っていうことはないけど。そんなに急いでがんばらないほうがいいんじゃないかな。まだ先は長そうだし」

まわした腕に力がはいった。ミキがしがみついてくる。

「わたし、赤ちゃんも欲しいけど、それだけじゃないの。あなたとわたしをつなぐ、形のあるものが欲しくて。カイはいつどこにいってしまうか、わからないから」

カイはぽんぽんとやさしくミキの腕をたたいた。

「どこにもいかないよ。いつもそんなふうに思ってたんだ」

「ええ、だってカイはほんもののアーティストだから。ほんとうに大切なのは作品だけで、朝になったらふっと消えてしまうんじゃないかって、そんなはずないのに考えちゃう」

ミキの腕をほどき、正面から抱きあった。カイは自分が心にもないことをしていると気づいていた。本物のアーティストなら、冷たく相手を突き放す気がした。自分だけの世界や満足を追い求めるためなら、人の心を傷つけることなど平然とできるはずだ。カイにはそれができない。きっと自分はアーティストではないのだろう。絵が好きなただの絵描きにすぎない。

「心配かけて、ごめん。ベッドにいこう。ミキが手伝ってくれたら、ぜんぜんだいじょうぶ」

手をつないで一階奥にある寝室にむかった。カイはそのときわかった。遺伝子の不適合。女性医師の言葉を思いだす。これからミキがあきらめるその日まで、自分は勝ち目のない不妊治療につきあい続けるだろう。カイは望まない子どものために排卵日のセックスを続け、毎月敗北することだろう。

寝室の扉を開けた。もう余計なことを考えるのは止めなければならない。集中しなければ、その夜の作業にさえ失敗してしまいそうだ。カイはベッドに座るとミキの胸にふれ、妻の手を自分のペニスに誘導した。

寝室は暗く、ダブルベッドは広大な夜の平原のようだった。

この夜を越えなければ、明日はこない。カイはミキの豊かな身体と自分の心細い快楽に集中した。

16

カイとミキは妊娠をめざし努力を続けた。勝ち目のない戦いのために、わずかな欲望の火を熾し、排卵日から三日間連続で、毎月性交をおこなった。排卵を促進する薬や体外受精にチャレンジしたこともあった。その他名前を覚えていられない医療技術の数々に世話になったこともある。年を追って赤ちゃんが欲しいという妻の欲望が強まるのに反比例し、カイの性欲は弱まっていった。

夫婦の週末のセックスはかつて週に一度のご馳走だったが、今では立ちぐいのファストフードに似たものになっていた。純粋な欲望やいやらしさに欠けた性行為は、だんだんと格闘技の演武に似てくる。決められた型があり、手順があり、冷静な反応と湿気た手花火のような淋しい快楽がついてくる。幻の敵を倒すための空しい戦いだ。

ミキは性交後に身体を動かすのを嫌った。カイが体内からペニスを抜くと、貴重な精液まで流れだしてしまいそうな気がするという。妊娠の確率をさげたくないのだ。抱きあったまま、カイの性器がやわらかに力を失い、抜け落ちてしまうまで抱いていてほしい。それで、できることなら心のなかで自分と同じように念じてほしい。人が真剣に願うことは、いつか必ずかなうのだから。

（赤ちゃんができますように。健やかでかわいい赤ちゃんを妊娠しますように）

カイは最初にそういわれたとき一度だけ妻といっしょに願った。それ以降は決して心のなかでさえやらなかった。子どものころから、カイにはこの世界が、すべての人の願いがかなう場所には思えなかった。これだけの不幸と不平等と落胆があふれているのだ。ミキのいうとおりなら、世界の過半数の人々は自らの不幸を真剣に願っていることになる。

カイはひどく冷静な子どもで、今は冷静な夫だった。子どもは生まれるときには、地球が破滅する日にだって生まれてくるだろう。生まれないときには、すべての条件が整っていてさえ生まれることはない。あらゆる出来事はすでに定められている。自分の努力や願いは、それを動かすことはできない。カイはある意味で絶対の運命論者だった。

その運命論者に奇妙な運がやってきたのは、不妊治療が二巡した結婚五年目のことだった。カイは画家としての自分の作品と並行して、商業イラストの仕事も受けている。不妊治療が高額なこともあり、純粋な作品だけでは、物価の安い地方都市でさえ生活がぎりぎりなのだ。

排卵日のセックスも休みがちになった春に届いた依頼は、皮肉なことに赤ちゃんのイラストだった。カイは資料も調べず、ほかのイラストレーターの類似作も見なかった。いつものようになにも考えずに手を動かす。心のなかで留意していたのは、赤ん坊のあの超絶的なやわらかさをなんとか自分の線で表現することだった。

　境界のケヤキに臨むカイのアトリエで、その絵は六分間で生みだされた。クライアントに提案した三案のうちの最初の作品で、とろけ落ちそうな頬をした、どこか妻に似たふくよかな女の子の赤ちゃんだった。鼻はうえをむき、目は眠たげで不機嫌、唇はイチゴゼリーのようにふるふると震え、頭にはくるくると天然の巻き毛を薄くのせている。

　自分ではさして傑作だとは思わなかった。ひと休みして、その日の夕方にはもうひとつの男の子のキャラクターも描いている。クライアントに提出したのは、一週間後。返事は翌日もどってきた。

　あの丸々した女の子のキャラクターを使用したい。

　女子社員の圧倒的な支持を得て、プレゼンテーション開始から九十秒で決定されたという。そのプロダクションは良心的な会社だった。キャラクターは買い切りではなく、作家にもきちんと著作権を認め、使用料を支払う。カイはそれまでにも何度か自作のキャラクターが商業利用された経験があった。どれもさしてヒットはせず、著作権使用料はアルバイトの月給程度だった。

　翌月届けられた契約書は、よく読みもせずにサインして送り返した。そのままカイは自分が描いた赤ちゃんのキャラクターも、契約書も忘れてしまった。

「ねえ、このキャラ、あなたが描いたのじゃないかしら」

土曜日のワイドショーを見ていたミキがテレビを指さしていた。カイは眺めていた写真集から目をあげた。エドワード・ウェストンは女性の身体や巻貝をなぜこれほど静かで官能的に撮れるのだろうか。モノクロームの写真に無限の光と闇の階調がある。

ディスプレイには声がおおきな女性タレントがふたり映っていた。顔の横に携帯ストラップや小型のフィギュアを押しつけ叫んでいる。

「これが今、大人気の『かまってちゃん』でーす」

あのときのキャラクターだった。カイはそんな名前がついていたこともしらなかった。ソフトビニール製の赤ちゃんキャラが、東京では流行の兆しを見せているという。

「ちょっと待って」

カイは二階のアトリエにあがった。届いたまま封も開けていなかった小型の段ボールをもってもどってくる。テレビの画面は女性タレントから雑貨店の一角に切り替わっていた。そこには壁を埋め尽くす「かまってちゃん」グッズが飾られていた。カイは錆びたカッターで箱を開けた。

発泡スチロールの粒に埋まっていたのは、テレビに登場しているキャラクターだった。

カイのイラストを立体に造形したもので、いくつかカイが描いていないポーズのものもある。全部で六種類。添えられた手紙にはこうあった。携帯ストラップ、キーホルダー、ガチャポンなどに幅広く展開してまいります。規定の著作権料は三カ月遅れで、お振り込みいたします。大切なキャラクターですので、売り伸ばしていけるよう全社をあげて、営業に邁進《まいしん》します。手紙の日付を確認した。振込期日は数日まえだ。

「ちょっと街までお茶をしにいかないか」

カイが幼いころから住む風の丘では、歩いて十五分ほどかかる市街地までおりないと、銀行はなかった。カイは絵の具が飛んだ古いスプリングコートを羽織った。ミキは学校に出勤するときの着古した黒いブルゾンだ。

「カイ、どうしたの?」

入金を確かめたいとはいえなかった。ほんとうに振り込まれているだろうか。

「いや、ちょっと。気になることがあって」

春風が吹きあがる海辺の丘を歩いてくだるのは、気もちがよかった。湿った風が髪のあいだを抜けていく。ここにミノリがいたら、きっと自分はこの坂を駆けていくだろう。ミキは不妊治療以来、険しくなった表情で、重そうに身体を運んでいる。

街のカフェにはいった。通りのむかいに都市銀行のＡＴＭがあるいつもの店だった。カイはカフェオレを注文すると席を立った。横断歩道ではないところで道路をわたり、無人のコーナーにはいっていく。いつもと変わらない気分で、財布からキャッシュカードを抜き、挿入口にさしこむ。残高照会のボタンと四桁の暗証番号を押すとき、なぜ自分の指が震えているのだろうかと不思議に思った。

あらわれた数字は異様に長かった。八桁の預金残高を見たのは、生まれて初めてだった。まったくしらないうちに、魔法のように著作権使用料が振り込まれ、自分は金もちになっている。それも八桁の最初の数字は一ではない。

カイはしびれたように、ATMのディスプレイを眺め、その場に立ち尽くした。自分のこととは思えない。どんな幸運も不運も、起きるときにはただ起きる。運命論者のカイでさえ自分に望んでもいなかった幸運がやってくるとは想像もしていなかった。端数の十数万円を引きだすと、残高証明のプリントアウトをもち、カフェにもどった。

ミルクティをすすっているミキに紙片をさしだした。

「これ」

「えっ、なあに」

妻が受けとり、数字を読んだ。

「どういうこと？　これ、ほんものなの」

ミキにもこの幸運は想定外だったようだ。まだ事態をのみこめていないようだ。

「さっきテレビでやっていたやつだよ。ぼくが描いたキャラクターがグッズになって、東京で売れているらしい。たぶんそのお金だと思う」

ミキはおおきく息を吸うと、はじけるようにいった。

「やった。カイ、すごいじゃない。わたし、いつどんな形でかわからないけど、カイは絶対に成功するって思ってた」

成功とはなんだろう。細々とだが作品を継続的に売るのと、数分で描いたキャラクターが人気になるのと、なにが違うのだろうか。どちらも成功といえば成功だろうし、どちらもたいした仕事ではないといえばそうだろう。ただ動かないのは、ミキの手にある紙切れに打ちだされた数字だった。すくなくとも数字の分の紙幣は自分のものである。

ミキは何度もプリントアウトの数字を確かめ無邪気なほどよろこんでいた。そのとき、カイはひとつの肉体的な確信を得た。この金は皮肉な神さまがくれたものだ。きっと赤ちゃんをあきらめる代りの慰謝料なのだ。自分たち夫婦には決して赤ちゃんは授からないだろう。どれほど身体を重ねても、薬や施術をおこなっても、効果はたぶんない。あの「かまってちゃん」が自分たちの子どもなのだ。幸運も不運も同じ量だけやってくる。この二年間の報われない労力、これから先何年も続くかもしれない報われない努力、それに見あう代償がこんな形の幸運になったのだ。

カイのなかではその考えが動かしがたい真実となった。セックスを終えても身体を離さずに抱きあったままの数十の夜を思いだす。カイは悔しくなった。こんな数字でごまかして、ほんとうに欲しいものをミキに与えない運命が憎らしくなる。妻の手につまれた銀行のプリントアウトが急に馬鹿らしくなった。

「ちょっと貸して」

カイはミキの手から紙片を奪うと丸めてにぎり潰し、テーブルの灰皿に捨てた。不憫《ふびん》な妻のためになにかをしてやりたくてたまらなくなる。

「ねえ、このあとでデパートにいかない？　ミキが欲しがっていた春のコート買ってあげるよ」

不妊治療には公的な援助もあるが、それでも高級車一台分ほどの費用がかかっていた。

「急にそんな贅沢していいの？」

「いいよ、どうせ最初だけだから。そのうち人気なんてすぐになくなる」

カイはもうひとついいたいことを黙っていた。妻が赤ちゃんのためにひそかにためている口座の金も必要なくなるのだ。それに気づくのは、遅いか早いかの違いでしかない。若い夫婦はカフェをでると、デパートにむかった。カイは迷っているミキに、イタリア製の水色のコートを苦い思いでプレゼントした。

「へえ、十万円以上もするコートを買ってあげたんだ」

その夜の電話で、ミノリの声ははずんでいた。

「そんなに高いプレゼント、カイは初めてじゃない？　たまには奥さん大事にしなくちゃダメだよ」

カイとミキの結婚式は簡素だったし、婚約指輪は造形専攻の大学の友人に頼んで安くつくってもらった。高額のプレゼントは記憶にない。

「そういえば、ミノリにもなにもあげてなかったかな」

「うん、あんなに描いてるのに絵の一枚ももらってない。ずいぶんモデルにもなってあげたのになあ」

カイにはミノリにものをあげるというイメージがなかった。幼稚園のころからずっといっしょで、そのまま大人になってしまった。異性を意識してつきあったこともない。遠くの親戚のような、年の近い姉か妹のような奇妙な距離感の関係だった。

カイはミノリが経験した男たちをすべてしっている。ミノリは、排卵日におこなわれる流れ作業のようなセックスも産婦人科クリニックでの精液採取もしっている。おたがいに恥ずかしいことはなかった。なにを口にしてもいいし、相手がそれで引くようなことはないと、無条件で信じられる。

カイはそのとき気づいた。この二年間の成果のない努力の数々をなんとか耐えられたのは、ミノリがいたからだった。同性の友人はいるけれど、不妊治療や味気ない性行為を話せるような相手はいなかった。けれど、ミノリにだけはすべてを隠さずに話すことができる。姉でもあり妹でもあるだけでなく、カウンセラーのような役割まで引き受けてくれるのだ。ああしたプロの面接には一時間いくらくらいの費用がかかるのだろうか。ミノリがいなければ自分たちの結婚生活には真剣な危機が訪れていたかもしれない。

「あのさ、なにか欲しいものはない？」

「どうしたの、急に」

カイは夜の窓に目をやった。アトリエの窓には夜風にさざなみのような音を立てるケヤキの木が額縁のようにはまっていた。そのむこうはミノリがいない家だ。

「お礼をしようと思って。ぼくはミノリにずいぶん助けられていたんだなあと今、気がついた」

電話のむこうでミノリが華やかに笑った。東京の夜のどこかで、その声が響いているのが不思議だった。あの木のしたで初めて出会ったとき、ミノリはまだ五歳の幼女だった。

「今ごろ、そんなことに気づいたんだ。おかしな人ね。でも、わたしもずいぶんカイには助けてもらったよ。ほら、わたしって、女子には評判悪いでしょう。親友とかいないし」

自分だけでないのがうれしかった。カイはよろこびを隠して、ぼそりと返事をした。

「そうだね」

「うん、女の子同士って表面上はどんなに仲よくしてても、どこかライバルってところがあるんだよね。男の人たちみたいに仕事とか共通の目的のために団結して、ひとつになることってなかなかできない。長い時間いっしょにいてべたべたしても、最後はひとりっていうか。みんな孤独なんだと思う」

「なにかあったの？」

「ううん、別に。仕事ですこし疲れてるけどね」

カイは孤独について考えた。きっとミノリがいうような孤独感には、男女の差などないのだろう。男たちも一見チームワークよく仕事する振りをしながら、心のなかでは癒せない孤独感を抱えている。仕事をする自分、プライベートの自分、誰かの夫や親である自分、友人や恋人である自分。ネットのなかのヴァーチャルな自分。どの役もすべてばらばらだ。一日のあいだに何役もスマートに切り替え、なんとかその場をしのぐことに、誰もが倦《う》んでいる。それがきっと今という時代なのだ。

「仕事のほうはそんなにたいへんなの？」

円満退社後、新しいインテリアショップを開いた専務についていき、ミノリは新卒で入社した会社を退職している。副店長格での待遇で、ミノリは同世代の会社員の倍ほどの給与を得ているといっていた。

「うーん、たいへんというか。ちょっと路線が違うような気がすることがある。なんだか解散するロックバンドみたいだね。めざす音楽性が違うとか」
元気なく笑った。なにかをいいたそうだ。カイはミノリが話す呼吸がよくわかってい
た。ゆっくりと待つ。待つ時間もたのしかった。話があう相手とはそういうものかもし
れない。
「売れるインテリアと売りたいインテリアは違うんだよね。ウインドウには素敵なディ
スプレイができるけど、実際の売れ筋はセンスのあまりよくないオーソドックスな品。
そういうのがだんだん気になってきた。まあ、いいや。自分の店でもないし、専務も資
金繰りがたいへんみたいだから」
ミノリにとってインテリアの仕事はライフワークなのだ。ただ給料をもらえればいい
というわけではない。
「カイみたいに、ビジネスとアートを完全に分けて仕事ができるのがうらやましいよ」
「そんなにカッコいいものでも、楽なものでもないよ。絵を描くのは好きだけど、仕事
は仕事だから」
「でも、ほら『かまってちゃん』みたいなこともあるでしょ。地元はどうかしらないけ
ど、原宿《はらじゆく》とか秋葉原《あきはばら》とかすごいよ」
ほんの数分で描いたものが、自分の代表作になるのか。カイは皮肉な気分になった。
「著作権料はありがたいけど、それだけだよ。それより話をもどそう」

「なんだっけ？」

「ミノリへのプレゼント」

「うーん」

ミノリはしばらく黙りこんでしまった。カイは境界の木を眺めて、時間をそっとやりすごした。木の葉はあんなふうにいっせいに裏返ったり、身をそらしたりするのだ。あの小魚の群れのような動きを静止画のなかに閉じこめられないだろうか。

ミノリのかすれた声がする。夜風が強くなった。

「絵がいいな」

「声がちいさいよ。なにがいいって？」

ミノリが思い切ったようにいう。

「カイが描いた絵がいい」

「それならお安い御用。うちにあるのを適当にみつくろって、そっちに送るよ」

「そうじゃない。カイに新しく描いてほしいんだ」

カイは迷いながらいった。

「なにを？」

「わたしを。今のわたしを。昔はずいぶんモデルになったけど、学生のころまででしょう。卒業してから東京にきちゃったから。大人になったわたしを、カイにきちんと描いてもらいたい。それも本気でね。代表作にするつもりでね」

今度黙るのはカイの番だった。大作を仕あげるには数日間はモデルになってもらう必要があった。ミキにはなんといって、東京にいけばいいのだろう。けれど、ミノリはカイのミューズだった。最初の絵が県展で銀賞をもらったのも、モデルがミノリだったおかげだ。美しい少女のなかで荒れ狂っていた欲望や憎しみ、夢と希望を、つたないなりになんとか定着させることができた。モデルに誠実にむきあったことが、あの結果を生んだ。それ以来十数年、少年のように引き締まった表情の少女は、画家としての主要なモチーフになっている。カイは決心を固めた。

「わかった。今のミノリを描くよ。全力でやらせてもらう」

ミノリがふふふと笑うと、鼓膜が直接くすぐられた。綿毛が耳の奥で回転するようだ。

「カイの大作なら、いい値段で売れるかな」

「いや『かまってちゃん』にはかなわないよ。若手画家の作品なんて、たかがしれてる」

「冗談だよ。売るつもりなんてないもん。そういえば、最近出会った人のエッチが、ちょっと変わってておもしろかったなあ」

カイはアトリエの壁際にある寝椅子に横になった。首が痛くならないようにクッションの位置を直して、肘かけにもたれかかる。時刻はもう午前二時だ。朝の早い妻はもう眠りに就いたことだろう。ミノリの話をきく体勢になった。この声ならいつまできいていてもいい。カイは熱くなった携帯電話を耳にあて、寝椅子でゆったりと足を組んだ。

17

ミノリの結婚は突然だった。

ある深夜、いつものように電話をしていると、ミノリはいった。

「わたし、今度結婚するから」

カイはすくなからず驚いた。今では社長になっている例の「専務」と別れたばかりだったからだ。ミノリは百人を超える男と寝ていたが、真剣に恋したのは数人で、そのうちもっとも長く続いたのは専務だった。

アトリエの壁に立てかけてある絵を眺め、心を落ち着かせる。作品には不思議な鎮静効果があり、波立った気もちを平らにしてくれる。新たに筆を加えたほうがいい箇所がないか一歩引いて冷静に見つめることが役に立つのかもしれない。日の当たらないケヤキの側面にもうすこし黒をさしたほうが陰影が濃くなるだろう。明日試してみよう。カイはようやくいった。

「誰と？」

「カズフミくん」

平凡な名前だった。きっと平凡な男に違いない。

「どういう人？」

照れくさそうにミノリがいった。

「輸入家具の営業マンでね、もう何年もまえからしりあってはいたんだ。何度かつきあってくれっていわれたこともあるんだけど、ずっと断っていた」

「年は？」

ミノリはいつだって経験と財力がある年上の男が好きだった。

「わたしたちと同じ」

「……そうかあ」

ミノリがくすりと笑っていった。

「わたしが結婚すると、がっかりする？」

自分でもよくわからなかった。あまりに急に告げられたので、驚いているだけなのかもしれない。

「がっかりより、びっくりしたよ。相手の年にもさ」

「そうだよね。自分でもびっくりしたもの。でも、カイも結婚してるし、わたしたちは普通の男女みたいにつきあうことは絶対ないから、今までとなにも変わらないと思う」

胸の奥にちいさな灯がともるようだった。ミノリに逆らいたいだけの気もちで返した。

「ボーイフレンドとハズバンドは違うよ」

「そうかな。わたしは、ミキさんという奥さんができてもカイはぜんぜん変わらなかったと思うけど。きっとわたしも変わらないよ」

　こうしてミノリと話していると、妻の存在はカイの頭のなかから消えてしまう。それは予備校のころから変わらなかった。ミノリとの時間は、生活や仕事がある日常の時間とはまったく別なものだ。

「だといいけどね。どうして急に結婚する気になったの？」

「専務と別れて、わたし荒れてたでしょう」

　その時期ミノリは声をかけられるまま、一週間で十二人の男と寝ている。歴代の新記録だそうだ。自暴自棄になっても、妊娠と病気だけはミノリが徹底的に管理していたので、カイは黙っていた。

「カズくんもわかっていたみたい。デートしようって、しつこく誘ってくるから、じゃあ一度くらいならいいかなと思って、デートしてみた。そうしたら、ぜんぜん違っていた」

　嫉妬なのだろうか。胸にちいさなひびが走った気がする。

「なにが？」

「ぜんぜん楽だった。それまでわたしはずっと自分のほうから相手を好きになって、追いかけていた。好き、好き、愛してる。わたしとつきあうと、こんないいことがついてくるよって」

笑い声があがってしまった。階下にいるミキにきこえないだろうか。カイは気をつける。声が自然に低くなった。

「わかるよ。ミノリはいつも相手の趣味にあわせるほうだったから」

インテリア、ヨーロッパ映画、短歌、野球、ラグビー、モータースポーツ。つきあった男たちのせいで、ミノリの趣味はずいぶんと広がっていた。もっとも、多彩な趣味も別れとともに立ち消えになってしまうのだが。

「彼とつきあって、自分が愛するんじゃなく、相手に愛される楽さが初めてわかった。自分のままでいて、わがままいってればいいんだから、もうぜんぜん楽ちんなんだ」

カイは笑っていった。

「ミノリはもともと美人なんだから、最初からそうしてればよかったんだよ。男なんてたくさん寄ってきただろ」

高校生のころのミノリのもてかたは異常だった。校舎の四階の窓から、ミノリがラブレターの束をちぎって投げていたときいたことがある。花吹雪のようできれいだったとミノリは笑ったけれど、好意を寄せた男子生徒たちはたまらなかっただろうと、カイは同情した。可能性はないと徹底的に相手にしらせないといけないのだと、ミノリはいっていた。人を拒絶するのはつらいことだが、やるときはやらなければいけないと。

「そうだけど、わたしは自分よりももっと価値がある人じゃなきゃ、つきあう意味がないと信じていた。すこしくらいスタイルがよくて、顔がきれいでも、そんなの骨とか肌一枚の違いでしかない。普通の幸せな恋愛なんて、どうでもいい。わたしはもっと遥か彼方《かなた》にあるものが欲しかった」

「それに性欲も強かった」

今度はミノリが笑った。

「それは否定しない。やれば満足しちゃうところがあるから、ちょっと男の人みたいだったのかもしれない」

「そんなミノリが普通の結婚をするときがきた」

皮肉な冗談のつもりだったが、返ってきたミノリの声は明るかった。

「そうだよ。でも、結婚を決めたのは、自分がどこまで遠くにいけるかわかったからでもあるんだ。銀行からの融資も決まって、わたしは今度自分のインテリアショップをだすことにしたの。専務のところからは完全に独立してね」

以前から路線の違いは耳にしていた。専務の店にならぶ輸入家具より、ミノリはもっととがったセンスのインテリアを扱いたいといっていた。自分の好みで店のなかを飾りつけ、一角にカイの作品を展示したいと。

「おめでとう。いよいよミノリも自分のショップのオーナーか。よくがんばってきたね」

カイは仕事の愚痴だけでなく、ミノリがいかに注意して金融機関とつきあってきたかしっている。専務からひとつの店をまかされていたので、通帳の管理はミノリの責任だった。借入金の返済は絶対に遅れず、接待の席も欠かさずに酒を注いでまわった。資金の出し入れをきれいにして、恭順の意を示し続ける。ミノリの銀行とのつきあいかたは、専務から教えられたものだ。

「自分の城ができるから、今度は相手にあたえる余裕ができた。愛されるよろこびねえ。なんだかミノリも大人になったなあ」

自分が専業の画家になって生活できることも驚きだが、ミノリが三十代の前半で自分の店をだすのも同じことだった。じたばたとあがいているうちに、なんとか生活や仕事の形ができる。カイもミノリもまだ十分に若かったけれど、あのケヤキの木のしたで出会って、もうすぐ三十年の歳月が流れようとしている。生きていると不思議なことが多かった。

机のうえに投げだしてある「かまってちゃん」のキャラクターグッズを手にとった。不機嫌そうな赤ちゃんの頬を親指で押しこんだ。ソフトビニールの体温のないやわらかさが、指を押し返してくる。くだらないものだが、このヒット作のおかげで、子どものころから住んでいる家を買いとることもできた。

人の未来など、誰にも予測できないのだ。カイは痛感した。運のいい人間と悪い人間とでは、驚くほどの差がついてしまうのだろうが、その差は努力や才能よりもちょっとした偶然が左右するのではないか。カイは不妊治療で苦しんでいなければ、こんなキャラクターを描かなかっただろうし、ミノリは数々の年上の男たちに教えられなければ、インテリアのビジネスや銀行とのつきあいを理解する機会はなかった。

ミノリは不服そうにいった。

「わたしは大人になんかならないよ。だいたい子どもとか、大人っていうことにこだわりはなかったから。わたしはずっとわたしでいたかった。これからもそんなふうに生きたい。それだけだよ」

「考えたら、ぼくも絵にすがりつくことで、自分を守っていたのかもしれない。自分のなかの世界だけを信じて、怖がりながら外の世界を必死で無視していた。おおきくなると、内と外の対立なんて、自然に消えちゃうんだけどね。あのころはほんとに怖かった」

今もたくさんの若者が外の世界の厳しさと恐怖に震えていることだろう。カイは声をかけてやりたかった。その壁は絶対じゃない。春がきて、氷が溶けてなくなるように、ただ普通に生きているだけで、消え失《う》せてしまうものだ。自暴自棄にならなければ、自分なりの生活の形がいつかできあがる。ゆっくりと自分のペースで生きるといい。

「じゃあ、結婚するんだから、ミノリはもうダンナ一筋になるんだね。いい奥さんをめざすんだ」

ミノリは短く笑って、誇り高くいった。

「いったじゃない。わたしには大人の女も、いい奥さんも関係ないって。婚約はしたけど、ほかの男とは寝てるもん。あっちのほうは別だから。この人はどんなセックスをするのかなって想像させてくれる人とは、だいたいちゃんとエッチしてるよ」

カイも笑った。それでなくてはミノリではない。

「フィアンセのカズフミくんがいても？」

「そう、カズくんがいても」

ふたりの笑いがそろった。夜の空気がすこしやわらかになる。もう夏がやってくるのだろう。海にくだる斜面の緑がずいぶんと深くなった。

「わたしにはカイのほうが信じられないよ。世界にはこれだけきれいでセクシーな女の人がたくさんいるのに、どうしてミキさんだけで満足できるのか。わたしと違って、カイは性欲弱いのかな」

「どうしてだろうな」

カイは穏やかにそう返事をしたが、その理由ならわかっていた。ミノリがいたからだ。

ミノリのように特異な魅力をもった人と、これほどの誠実さをもってつながってしまうと、ただの不倫やゆきずりのセックスでは、もう満足できなくなってしまう。

「そうだ、アイディアがあるんだけど、一度『かまってちゃん』をわたしの友達の北欧のデザイナーに預けてみない？　きっと日本の玩具会社とはぜんぜん違った切り口のグッズがつくれると思うんだ」

「へえ、それはおもしろいね。権利はメーカーとぼくと半々だから、むずかしいところもあるだろうけど」

「そんなのだいじょうぶだよ。むこうのとり分のパーセンテージの問題だけだから」

こつこつとアトリエの扉をノックする音が響いた。銃声のようだ。開いたドアからコーヒーの香りが漏れてくる。

「あなた、お茶をいれたから」

パジャマ姿の妻がやってきた。硬い笑顔でいう。

「ミノリさん？」

「そうだよ。今、『かまってちゃん』の海外展開について話をしてるんだ。ミノリ、ミキがきたよ」

電話越しでミノリの声が跳ねあがった。カイは携帯電話を耳から離して、妻のほうにむけた。

「ミキさーん、久しぶり。また東京に遊びにきてねー。今度おいしいパエリアの店に連れてくから」

はいはいといって、ミキがアトリエからでていこうとする。カイは背中に声をかけた。

「ミノリが今度、結婚するんだって」

振りむいたミキの顔はスポットライトを照らしたように明るかった。

「えっ、ほんとに。おめでとう、ミノリさん。じゃあ、お祝いしなくちゃね。それなら近いうちに絶対、そっちにいくから。よかったなあ」

静かに扉を閉めるとミキはいってしまった。カイはそれから一時間、アトリエのカウチに腰かけて、カズフミという名前の婚約者とミノリが最近寝た何人かの名もない男たちの話をきいて、初夏の夜を過ごした。

18

ミノリの結婚パーティは表参道《おもてさんどう》にあるガーデンレストランを貸し切りにして、翌年の五月におこなわれた。カイはミキといっしょに午前中に開かれた教会での結婚式にも参加している。チャペルはミノリが卒業した大学の構内にある、ちいさなものだった。

時代色のついた教会には、最近の結婚式場にみられる豪勢すぎる華やかさがないのが、カイには好ましかった。室内は暗く、ロウソクの燃える匂いがして、キリスト像はほこりをかぶったまま苦痛にうなだれている。祈りを捧《ささ》げる場所には、ある種の静かさや敬虔《けいけん》さが必要なのだ。それは絵を見る場所も同じかもしれない。ビジネスはとても大切で欠かせないものだけれど、それだけで割り切ってしまうと、見落としてしまうものがたくさんでてくる。

式のあとで前室に挨拶にいったカイは、初対面の男に軽く頭をさげた。

「初めまして、ミノリの幼馴染みの佐久真開です。で、こちらが妻の未樹です」

ミノリが結婚するときいてから、ミキは上機嫌だった。太陽のような明るさは不妊治療をあきらめてから翳っていたが、ミキはその日、昔のほがらかさをとりもどしていた。

「ミノリさんがどんな人を選ぶのかって、彼と話していたんですけど、立木《たちき》さんみたいな人だったんですね」

カイはあらためて、その日ミノリの夫となる人を見つめた。立木和史《かずふみ》は人のよさそうな男だった。眼鏡をかけている。背は高く、身体のバランスはいい。とくにハンサムではなかった。才能に恵まれているようにも、とりたてて豊かなようにも見えなかった。

カズフミがにこにこと笑っていう。

「カイさんですよね、初めまして。ミノリからたくさん話をきいているので、初めて会った気がしないです。男と女のあいだにも友情があるんだって、おふたりの話をきいて気がつきました」

自分とミノリのあいだにあるものは、友情なのだろうか。カイはこの関係に名前をつけようとも、正確な定義を見つけようとも思わなかった。ほかの人間たちには勝手に解釈させておけばいい。ミノリと自分のあいだにある誠実さ、オネスティは、一般的には理解されにくいだろうし、想像もおよばないだろう。

「出会ってから、もう三十年近くになるから、よくわからないです。ミノリが東京にいってからは電話で話をするだけのことが多いですし」

カズフミがしらない男たちのことを、カイはすべてミノリから報告されていた。婚約したあとで寝たすべての男たち。それはちいさな優越感をカイの胸の奥に生んだ。

「ぼくは仕事柄、新しいアートに関心があって、よくギャラリーめぐりをするんです。実は最初にミノリに出会ったのは、実物じゃなく佐久真さんの作品でした。あれは代《だい》官山《かんやま》だった」

意外ななりゆきだ。自分の絵がカズフミとミノリを結びつけるきっかけをつくったのか。ミキがいう。

「それ、すごい話ですね。カイの絵のなかの女性を見て、どんなふうに感じたんですか。ビビッときたりしました？」

五月だが初夏のような陽気だった。前室には静かにエアコンの冷気が流れこんでいる。

「ビビッではなかったけど、雷に打たれたみたいでした。ひとりきり、自分の足で踏ん張って、世界に立ちむかっている、若くてきれいな女性。気にいらないこと、腹が立つこと、どうにもならないこと、全部を認めたうえで、自分の心や身体のなかには一歩も踏みこませないぞ。あの絵のなかの人は、そんな感じがしました」

その身体の奥にある強すぎるくらいの欲望とも、ミノリは闘っている。それは昔も今も変わらずに。ミノリが通り過ぎてきた百人以上の男たちを思った。カイは幼馴染みが不潔とはまったく考えない。カズフミはミノリの夫となる人なのに、その秘密についてはしらされていない。カイは笑顔をつくったまま、黙っていた。

すこし文学的すぎる反応かもしれないが、ミノリの夫がカイの作品に忘れられないなにかを感じてくれたのは確かだ。カイは言葉の人間ではなかった。自分で感じるままに描いている。カイは頭よりも手と心のほうが賢いと単純に信じている。ミキが叫ぶようにいった。

「気にいってくださったんですね。よかった」

カズフミは興奮しているようだ。新郎用の白手袋をぎゅっとにぎり締めている。

「ギャラリーの人に、あの絵にはモデルがいて、作者の幼馴染みだと教えてもらいました。その人はぼくと同じ業界で働いているって。そこの店で若手の作品を何点か買っていたので、サービスしてくれたのかもしれません。あまり高価なものではないですけど」

笑ってきいているしかなかった。まったく絵のわからない男よりも、すこしは絵が好きな男のほうが好ましいという程度の差でしかない。

「初めてミノリに会ったときは、どう思いましたか。ぼくの絵よりよかった？　それともがっかり？」

ミノリが笑って、カイの肩をたたいた。カイはこの日のために三カ月ぶりにスーツを着ている。

「失礼しちゃう。カイの絵よりずっと美人だったに決まってるよね、カズくん」

カズフミはなにかを考える顔になった。

「いや、同じだと思った。あの絵のなかの子の顔はすごくミノリに似てるわけじゃなかったけど、内側は全部同じだって。つきあうまえなのに、ちょっと嫉妬しました。佐久真さんは彼女のことを、よほどよくご存じなんだろうなあって」

カイはとなりにいるミキの温度がさっと冷えこんだことに気づいた。カズフミはいう。

「でも、ミノリに話をきいてみると、佐久真さんは予備校で出会った別な女性と結婚して、故郷に住んでいるというし、なんの心配もなかったんですけど」

「へえ、あなたはわたしがカイとつきあってるって思ったんだ？」

「うん、絶対にできてるって思った。というか、そう感じたよ」

ミキのほうから冷気が流れてくる気がした。カイは冗談めかしていった。

「ミノリの彼が絵を見る目は、あまり信用できないね。そうだろ、ミキ？」

「ええ、そうね」

ひどく冷静な返事がもどってくる。座が白けた気がしてカイはミキをうながし、もう一度ふたりにおめでとうといい前室を離れた。

その夜カイはミノリと同じホテルに泊まった。

新婚のふたりとは別な棟にあるダブルの部屋である。カイは窓辺に立ち、都心のターミナル駅の夜景を眺めていた。街には無駄な明かりが多い。視線を頭上にむけると、同じホテルの別棟で光のサイコロのように客室の窓が空に積みあがっている。そのうえの階のどこかのスイートルームに、今もミノリはいるはずだ。

カイは冷蔵庫からミネラルウォーターをだして、ひと口のんだ。結婚パーティのために午後から酒をのんでいるので、身体が重く、眠気が強い。

「ああ、いいお風呂だった。うちのシャワーもこれくらい水圧が強ければいいのに」

バスルームからミキがもどってきた。結婚式のためにセットした髪は洗っていない。カイはシャワーだけ先にすませていた。熱気が近づいてくる。妻の身体が背中に張りついた。

「カイ、しようよ」

「えっ、パスさせてくれないか」

ミキの手が伸びて、ガウンのようなホテル備えつけの寝巻のまえを探ってくる。

「ダメッ」

ミキの声があまりに真剣だったので、カイは思わず振りむいてしまった。まだ酔っているのだろうか。目が赤い。必死の目だった。カイはあわてて視線をそらし、夜の窓にむかった。

「こんな高級ホテルに泊まるなんて、めったにないんだから、ちゃんとしなくちゃもったいない。今ごろ、ミノリさんだって、どこかの部屋でカズフミさんとしてるよ」

カイの絵のよさと、ミノリの心の強さと弱さを感じとることができた同い年の男。今日からミノリはあの男の妻なのだ。眼鏡をはずしたカズフミがミノリのうえにおおいかぶさる姿が、脳裏に浮かんだ。レンブラントの絵のような闇のなかで、裸の上半身がからみあっている。

「ほら、カイだって、けっこうその気になってるじゃない」

ミキが手慣れた様子で寝巻のうえからカイをつかんでいた。その夜のセックスは、予想していたよりもずっと荒々しいものになった。カイは動きながら不思議だった。なぜ多くの女たちは、こうした荒々しさを、自分へのやさしさや愛情と勘違いするのだろうか。

行為のあとで、ミキは寝巻のまえを乱したまま眠りこんでしまった。ミノリと違ってふくよかな唇をうっすらと開いている。寝息は鼻と口の両方から、風の丘の海風のように漏れだした。カイはサイドテーブルに目をやった。ちかちかとちいさな光が瞬いている。着信のサインだ。手を伸ばして携帯電話を確認すると、十五分ほどまえにミノリからの着信があった。

カイは電話を片手に足音を殺してバスルームにむかった。

スライドレバーをさげて、バスルームの明かりをぎりぎりまで落とす。鏡のまえには化粧用のスツールがおいてある。カイはそこにボクサーショーツ一枚で腰かけ、裸足《はだし》のつま先を洗面カウンターにのせた。ごぼごぼとパイプのなかを水が落ちていく音が、うえのフロアから響いてくる。この巨大な建物のなかに、どれくらいのカップルが泊まり、自分たちのようにセックスしたのだろうか。カイにとって、ホテルというのは実に不思議な施設である。

まだ起きてる？　なにか用があったのかな。

一行きりのメールを送ってみた。返事はすぐにもどってくる。

起きてるよ。カズくん、お酒に弱くて寝ちゃったから退屈で。

カイはなにしてるの？　電話で話せないかな。


カイはすぐに電話をかけた。ミノリの笑い声が耳元でかすかに響く。カイもつられて笑ってしまった。ふたりは共犯者だった。おたがいに妻や夫があり、通常の肉体関係ももっているのに、ほんとうの意味で心が近い相手は別なのだ。夫婦でも、恋人でも、友達でもない。恋愛の国に秘密諜報《ちようほう》部員がいるとしたら、自分たちこそそういう存在なのかもしれない。


「ミキさんも寝ちゃったの？」

「うん、けっこう激しいエッチしたあとで、すぐ落ちた」

ミノリが忍び笑いをする。

「ふふふ、カイもがんばるときには、がんばるね」

「しかたないだろ、こんな高級ホテルにはめったに泊まれない、もったいないっていわれたら、男はがんばるしかないよ」

ミノリとカズフミがからんでいる姿を稲妻のように想像してペニスを硬くしたことは、

黙っていた。

「でもさ、今日のミキさん、真剣でちょっと怖かったな。控室でも、パーティでも」

パーティで酔ったミキはなぜか新郎に文句をいっていた。もっとしっかりミノリを見ていないと、こんな美人はどこかに飛んでいってしまうかもしれない。カズフミさん、がんばって。カイはおかしな生きものでも見るように、酔った妻を観察していた。

「そうだね、セックスのまえも真剣でびっくりした。今夜やらなきゃ、もう世界が終わるって感じだったよ」

「やっぱりなにかを感じてるのかな、女の勘で。わたしとカイが今以上に近づく心配なんてないのにね」

「ほんとに」

すこし淋しい気もしたが、カイは即座にうなずいておいた。暗い鏡に三十歳をいくつか過ぎた男が映っている。これがケヤキの木を描いていたあの日の子どもの成れの果てだ。描くことを仕事にできたのは、自分としては上々だった。となりにいた女の子は、今ホテルの別なスイートにいる。

「彼は、予想してたよりずっときちんとしてた。あの絵のことをあんなふうに感じとれたのは、きっと感受性が鋭いんだな。ミノリも初めて理解者に恵まれたんじゃないか」

「どうかな、理解者はカイがいるから、もういいや。いつもそばにいて安心させてくれる男なら、わたしはそれで十分」

　ミノリが送話口を手で押さえたようだ。声がくぐもった。息があたるようで、耳がくすぐったい。

「スリルはほかで求めるから」

「悪い新婦だなあ。今、どこにいるの？」

　窓の外からしたの道路を駆け抜けるバイクの音がきこえた。同じ音が電話からも流れる。

「スイートの客間のほうだよ。ソファに座って、サービスのバナナたべてる」

「あんなに人のいいダンナをつかまえたのに、ほかの男と寝るんだからね。ミノリにつかまった男はたいへんだ」

　ぺろりと舌の先をだすミノリの顔が浮かんだ。

「しかたないよ。わたしはそういう人間だから。男でも女でも、わたしみたいなタイプはけっこういると思うけど。みんな黙ってるだけだよ。でも、カイにも責任はあるんだ」

「どうしてさ」

「だって、わたしのエッチの半分は、カイに話すことでできてるんだもん。実際に誰かとそういうことをする。それはそれで、もちろん興奮するし、たのしい。でね、そのあとでカイに報告する。そっちには二度目のたのしさがある。全部を細かに思いだして、頭のなかでやり直す。ときには頭のなかの再現のほうが、実際よりもいいときがある。

それにさ」

「それに、なんだよ」

「カイが馬鹿みたいに興奮してきいてくれるから、それもまたたのしいの」

「そうなんだ」

確かにカイはミノリの体験に興奮していた。カイの性体験はごく平均的で、さしておもしろみのないものだった。だが、ミノリは違う。どんな世界にも、危険を冒して通常の人間には得られない貴重な体験をする挑戦者がいるけれど、ミノリは性の冒険者だった。ミノリの生きている夜の世界では、カイが見たことのない奇妙な果実や動物が生きいきと存在しているのだ。身体にあいたすべての穴から、おかしな液体を垂らしながら。

その夜、カイとミノリは小一時間ほど、ホテルの別々の部屋で話をした。電話は便利な道具だった。身体と心の距離を一気に縮めてくれる。通話を切ると、バスルームをでた。すっかり冷え切った身体を、静かにミキのとなりに滑りこませる。

いきなりミキが抱きついてきた。驚くほど熱をもった身体だった。

「長かったね。電話、ミノリさん？」

カイは心のなかで冷や汗をかいたが、あくびをする振りをしていった。

「カズくんがのんで寝ちゃって、退屈だったんだってさ。なんだか、ミノリと結婚する男は苦労するような気がするよ。おやすみ、ミキ」

ミキがぎゅっと強く抱きついてきた。カイの胸から空気が漏れる。ミキはぱっと夫から身体を離した。壁のほうをむいたままいう。

「おやすみ、カイ。明日は銀座《ぎんざ》のギャラリー見にいこうね」

「ああ、おやすみ」

カイは目を開いて、見慣れない都心のホテルの天井をしばらく眺めていた。巻貝のような、花の蕾のような不思議な形のガラスのフードがついた照明器具がさがっている。明日はギャラリーをまわって、夕方から「かまってちゃん」の新製品の打ちあわせだ。カイは眠る努力をしたが、すぐには寝つけなかった。ミノリと話をしたあとは、いつも同じだった。ミノリもいつもすぐには寝られないといっていた。別棟のスイートルームでやはり寝つけずにいるミノリのことを考え、カイは目を閉じた。

そのとなりで寝ている新郎については意識的に考えないようにした。

19

三年の月日が流れた。

気がつけばいつの間にか、三十代の後半だった。年齢《とし》は他人ばかりがとるものだと思っていたカイも、すっかり大人になろうとしている。現代の人間はみな未熟だから、カイの感覚では四十歳あたりで、遅れてきたほんとうの成人式がくるのだろう。あと数年でようやく永すぎた青春期が終わるのだ。

生活はすっかり安定していた。絵を描き、ギャラリーにおいてもらう。キャラクター商品の原案を描き、企画会社に送る。イラストを描き、出版社に送る。カイは好きな作品を生みだすだけで、ビジネスに結びつけてくれるのは、画廊や会社の人間だった。作品を売る苦労をカイはこれまでのところ経験したことはない。

収入は不安定だが、平均的な会社員なみにはあった。「かまってちゃん」にはもう以前のような勢いはなかったが、暮らしていた家を買いとる資金にはなってくれた。ミキの支えもあり、カイは絵を描くこと以外は仕事をせずに、ある程度のゆとりをもって生活することができた。

ミキは出産をあきらめると、教師の仕事に熱心にとり組むようになった。中学校では美術部の顧問を務め、かつてのカイのような才能のある子どもを発見するのが夢だという。ミキの美術部は県展で毎年好成績を収め、数年後には設備の整った裕福な私立校に声をかけられ、学校を移った。クラスをもたずに、仕事の過半は美術部の顧問でいいという。もう若いとはいえないが新進画家の妻で、地域の美術教育に熱心な教師。ミキにとって、そのポジションは居心地がよさそうだった。

カイの父は定年退職後、山にはいった。山小屋で軽作業をしながら、時間があると山の絵を描く。カイとは異なり、作品が美術市場で評価されることはなかったが、淡々と描き続けていた。カイは父の絵を案外悪くないと思っていた。気にいった作品は、自分のものと交換して、手元においてある。父が生活に困るようなことがあれば、カイの絵を売ればいい。絵を交換するのは、父への援助の意味もあった。

カイは海の見える風の丘の家で、日々絵を描いていた。

晴れていれば強い海風のなか、境界のケヤキのしたにイーゼルを立て、木を描く。一本の木は世界そのもののようだった。季節ごとに姿を変え、一年がたつと確かに生長している。ほかの人間にはわからないようだが、カイはその生長に気づくことができた。自分の背が伸びるのと同じで、見過ごすことなどできない。人間とは違い、樹木は決して生長をやめなかった。カイはこの木を幼稚園のころから見続けている。ほんとうの友人がこの世界にいるとしたら、きっとミノリとこの木がそういう存在なのだろう。

三十年以上絵を描いているので、自分がなぜ描くのか理由はもうわからなくなっていた。仕事というのも実感がない。一枚の絵を描いて、これでいくらになるという計算を、カイはしたことがなかった。ひたすらキャンバスにむかい、木と少女の絵を描く。しらない人が見れば、どれもさして代りばえのしない作品だ。

それでもカイは絵を描くのが、奇妙にたのしかった。ジェットコースターや激しいスポーツのようなスリルではない。絵を描いているうちに自分の心のなかが、しんと静まり返り澄んでいく。描きながら心を落ち着けていくのが、こたえられないくらいたのしいのだ。そのよろこびは、わかる人には伝わるようだった。カイの作品は価格が暴騰することはないが、毎回決まった客が購入していってくれる。

もう生活の形は完成してしまった。完成したものからは、当然時間が消え失せる。美術館に飾られた作品と同じだ。絵画はすべてちいさな永遠を閉じこめる。カイは自分の生活が、このまま死ぬまで続くのだろうと思っていた。あと四十年こんな暮らしをして、それでこの海の見える丘の家で人生を終える。悪くない一生だ。

子どものいない結婚生活にも満足していた。カイはときどき自分が何者で、どんな夢をもっていたのだろうかと考えることがあった。そんな迷いはデッサンの最初の線を引くころには忘れてしまった。カイ本人は気づいていなかったが、これ以上望むものがないくらい満たされていたのである。

電話はいつもと違う時間にかかってきた。

ミノリからの着信はたいてい深夜のことが多かった。カイの妻ミキが眠りに就き、ミノリの夫カズフミが寝て、ふたりだけで秘密を分かちあえる真夜中だ。カイはそのとき海とケヤキの夕景をデッサンしていた。水平線に近づいたせいで、不合理なほど巨大に見える太陽が、橙《だいだい》のクレヨンのようにぐりぐりと輝いていた。九月の終わりになっても、真夏日が続いている。

カイは絵を描くときは携帯電話にさわらない。あわてずにデイパックのポケットから電話をとりだした。傷だらけの旧型だ。ちいさな小窓の液晶にはミノリ。

「どうしたの、こんな時間にめずらしいね」

カイはのんびりとデッサン用の6Bの鉛筆を走らせていた。黒鉛がクロッキー帳のうえで溶けていく感覚が手に心地よい。ミノリは明るく張りのある声でいった。

「カイ、わたし、がんになっちゃった」

デッサンの手がとまった。というより身体全体に急制動がかかったようだ。息まで静かになった。

「ほんとに……」

きき違いではなかった。やはりミノリの声は明るい。

「うん、ほんと。今、先生に診断されたところだから。乳がんのT2でステージⅢのcだって」

まるで意味がわからない。暗号のようだった。

「T2は二・一センチ以上五センチ以下のしこり。わたしのは三センチちょっとだって」

現実なのだ。カイの手から力が抜けて、鉛筆の先が白い紙に太い斜線を残した。

「Ⅲのcはわきのしたと胸骨の内側のリンパ節への転移なんだって」

なぜ、ミノリはこんなに明るい声で話せるのだろう。夕日を浴びたケヤキが黒々と燃えたっている。五歳のときに、カイはミノリとこの木のしたで出会った。

「…………」

なんといったらいいのかわからなかった。心臓はふたつに分裂して、別々に鼓動を刻むようだ。息が苦しい。

「カイ、きいてる?」

「……うん」

「わたしはだいじょうぶだから。このくらいの乳がんなら、五年生存率は七十パーセントを超えるんだって、先生はいってた。賭けるなら、わたしがぴんぴん生きてるほうでしょ」

「そうだね。ミノリならだいじょうぶ」

涙がにじんで、巨大なケヤキが目のなかで揺れる。カイは平気な声をつくった。

「うん、さっきうちのダンナに電話して、病院にきてもらってるんだ。先生からもうすこし詳しく説明を受けるの。カイには誰よりも先に、このことをしっておいてもらいたくて、急だったけど電話しちゃった」

カイは驚いていた。言葉の最後のほうで、ミノリが涙声になったからだ。引きずられたら自分も泣きそうになって、カイは虚勢を張った。

「そうなんだ、ありがとう。つまみぐいした男の報告も、乳がんの告知も、ぼくが一番先なんだ。ほんとにうれしいよ」

ミノリが泣き笑いの声でいった。

「一番も二番もないよ。男たちの話は、カイ以外の誰にもしないもん。カイだけがわたしの全部をしってる。最低のわたしをわかってくれるのは、世界でカイだけだよ」

最低なんかじゃないといいたかった。ミノリは自分の器よりもすこしだけおおきな欲望をもって生まれただけだ。どれほどたくさんの男たちが通過しようと、汚れもくすみもしていない。カイはすべてをしっている幼馴染みに、そういいたかった。だが口をついたのは別な言葉だった。

「ミノリ、できることならなんでもするから、いってくれ」

「今、告知で頭のなかが混乱してるから、すぐにはわからないや。また夜にでも、電話するね」

「わかった。待ってる」

「じゃあ、あとで……そうだ、カイ」

電話の背景にざわざわと人の動く気配がした。おおきな病院の清潔な待合室とモダンなデザインのベンチを想像する。カイの声はうんとやさしくなった。

「なあに?」

「わたし、カイにひどいことしてないよね」

「してないと思うけど。いきなりどうして」

ふうと軽く息を吐いて、ミノリがいった。

「わたしはつきあってきたすべての男の人をただ利用してきたでしょう。自分の欲望や仕事のために、全部つかい捨てにしてきた。うちのダンナもそう。この電話だって、ダンナがしったら怒ると思うもん。自分より友達のほうが大事なのかって」

「そうだね」

奇妙な快感がカイのなかで生まれた。カズフミや多くの浮気相手よりも、自分のほうがミノリのなかにおおきな位置を占めている。カイはミノリと寝たことはなかったが、その代り欲望の秘密はすべて分かちあっている。

「でも、カイだけは違う。男たちにはみんなひどいことをしたけど、カイにはわたしはできる限り正直でいたと思う。それで間違ってないよね。世界中の人が、わたしとカイのことを変だといっても、わたしたちは間違ってないよね」

カイは夕日の照り返しに、すべての葉がいっせいに火を噴いたように見える境界のケヤキを見あげていた。幹に手をついた幻の少女が見える。幼稚園年長さんのミノリ。カイの絵をほめてくれた小学生のミノリ。カイの自慰を見たがった中学生のミノリ。すでに複数の大人の男たちを手玉にとっていた高校生のミノリ。どれもカイがこのうえなく誠実に心の内面をしっている少女だった。

カイは身体のなかに力をためこんだ。この熱烈な確信が、百五十キロ離れた病院にいるミノリに直接伝わってくれるといいのだけれど。言葉を選んで、ゆっくりといった。

「ぼくが保証する。ぼくたちは間違ってなんかいない。世界中の人が違うといっても、ぼくたちはこれでよかったんだ」

ミノリがくすりと笑っていった。

「あれ、なんかカッコいいな、今日のカイ」

「ぼくはおおまじめだ。だって、ミノリのまわりに三十年以上もいてくれた男が、ぼくのほかにいる？　いないでしょう。セックスも結婚もしてないけど、ぼくたちはおたがい運命の人なんだよ」

なにをいっても言葉が足りない気がした。もっともっとカイはミノリに自分の思いを伝えたかった。わかるだろう、ミノリ。おたがいに絶対に嘘はつかない。つきあいはしないけれど、欲望の秘密はすべて分けあう。もてる限りの誠実さと正直さで、起こったことを報告しあう。そう決めたときから、カイとミノリは特別な存在になったのだ。ときに正直さが愛を超えることがある。そんな結びつきの形があるのだということを、ふたりは世界に示してみせたのだ。

「カイ……」

「なに?」

「ありがとう。なんか錯覚して、プロポーズでもされた気分になった」

カイは思わず短い笑い声をあげた。

「ぼくたちは夫婦なんかより、もっといい関係だから、くだらないプロポーズなんかしないよ」

「ふふ、もっといい関係なんだ。たとえ乳がんになっても、いい関係か。ありがと、カイ。そろそろ切るね」

「うん、夜また」

カイは十字架でも抱くように両手で携帯電話をにぎり締め、そっと通話ボタンを押した。日は海の沖に沈み、海と空はふた色の群青に分かれている。ケヤキは無数の葉を風にそよがせていた。この葉の一枚一枚が、ひとりの人間と同じなのだ。芽吹いては、新緑の若葉となり、色濃い深緑の夏を迎え、秋には褐色に枯れて、くるくると回転しながら散っていく。ミノリも自分もこの世界という木から生みだされた一枚の葉にすぎなかった。

　カイはイーゼルとクロッキー帳をもち、涼しさを増した夕風のなか、誰もいない家に帰った。

　ミキが学校から帰ったのは、夜九時すぎだった。なにものっていないダイニングテーブルを見て、妻がいった。

「あら、晩ごはんどうしたの？」

「あまり食欲がなくて、今夜は抜かした。ポテトチップを何枚かかじったよ」

　海辺の砂を固めて焼いたような味だった。カイはあれからコーヒーを二杯のんだだけだ。

「わたしは学校ですませたからいいけど、なにもたべないのは身体によくないのよ。なにかかんたんにつくってあげるけど、どうする？」

　カイは両手を組んで、テーブルにむかっている。明かりは頭上に灯る白熱電球ひとつだった。冷蔵庫を開く音がした。

「タイのお刺身のお茶漬けか、卵とネギの炒飯《チャーハン》なら、すぐできるわよ」

「ミキ、こっちにきて座ってくれないか」

　冷蔵庫の扉の横から、ミキが顔をのぞかせた。

「へえ、なにか真剣な話なの？　カイの顔、怖いけど」

ミキはミネラルウォーターをもってやってきた。半分残った水が夜の色に透明に染まっている。薄手のブルゾンを着た妻が正面に座ると、カイは目を伏せていった。

「ミノリから電話があった」

ミキの顔色が変わった。カイには妻がなにを考えたのかはわからない。それがとてもよくないことであるのは確かなようだった。急に言葉づかいがていねいになる。

「ミノリさん、なんておっしゃってたの」

「乳がんが見つかったって」

ほんのわずかだが、妻がほっとした表情になった。ミノリのがんの告知よりも最悪の事態をなにか考えていたのだろうか。

「まあ、気の毒に。ミノリさんもわたしといっしょで、毎年マンモグラフィーの検診受けていたはずでしょう。どうして、見つからなかったのかしら」

ミノリは先ほどの電話で、自分でさわって気づいたといっていた。

「わからない」

「胃にスキルスがんというのがあるけど、乳がんにも成長の早いスキルスタイプのがあるって、昔きいたことがある。そういうよくないタイプだったのかなあ。ミノリさん、かわいそうに」

妻の声のどこかにカイは引っかかった。言葉の意味でも、スキルスという単語でもなかった。声の底にほんのわずかに明るく浮き立った表情が流れている。それがカイをいらだたせた。

「まだわからないんだから、軽々しく病気のことは口にしないほうがいい。あとで詳しく治療方法や今後について話をきくよ」

「また電話するの？」

きっとミキがにらみつけてきた。強く返す。

「ああ」

妻が目をそらした。海の見える丘の家には、いつでも風の音が満ちている。ふたりが黙ると潮騒《しおさい》と海風があいだを埋めた。

「まだ若いのに、たいへんね」

あたりまえの感想が白々しく届いた。カイはいきなり断言した。

「ぼくはミノリのためにできる限りのことをしてあげようと思っている」

冷静にうなずくと妻はいった。

「そうね、それがいいと思う。でも、むこうにもカズフミさんという夫がいること、忘れないでね。いくら親友でも、夫婦じゃないんだから。わたし、お風呂はいってくる」

カイはリビングルームをでていく妻の背中を目で追わなかった。

つぎの電話は深夜二時すこしまえだった。カイは二階のアトリエでじりじりと待っていた。音を消したテレビの画面をひたすら眺めている。バラエティ番組ばかりだ。世界はこれほどのから騒ぎでできているのか、貧しい笑いに飢えているのか、人々の暮らしが心配になるほどだ。

携帯電話が無音のまま机のうえで震えだした。手にとり、開く。ミノリだ。

「ずっと待ってた。心配でたまらなかった」

「ありがと。カズくんがとり乱してしまって、うちに帰ってからもずっと泣き続けだったんだ。遅くなって、ごめんね」

ミノリの法律上の夫の話などどうでもよかった。

「医者はなんていってた？」

ふふっと吐くように笑って、ミノリはいった。

「わたし、乳がんの話を人に説明するの、もう名人級だよ。うちの親にも、カズくんのご両親にも、電話したからね。手術を受けることになった。わたしは徹底的に闘うことにした。乳房を温存する手術と切除する手術があるんだけど、思い切って全部とってもらう」

カイは十代のミノリのなだらかな春の丘のような乳房を思いだした。映像はすぐに浮かんでくる。あの素晴らしいふくらみのどちらかが世界からなくなってしまうのだ。

「手術をするのはどっち？」

「右のほう」

「そうなんだ」

頭のなかの絵を描き直す。右の胸は平らになり、胸筋のうえに乳首も乳房もない白い肌とその中央を斜めに走る傷痕が残った。

「なんていうか……」

「すごく残念だとか？」

うわ目づかいでいたずらっ子のように笑うミノリの顔が見えるようだ。

「なるべく早く入院して、化学療法でがんをたたく。抗がん剤とかね。ちいさくなったところで、胸の手術をする。そのあとは念のために放射線をやるって。三段階の治療になる。わたし、そんなに長い期間入院するの初めてだよ」

「たいへんだな」

「わたしのほうもたいへんだけど、うちの店のほうが心配。まかせる人間はいるけど、まだまだ力不足だから」

ミノリのインテリアショップは景気の波はあっても、なんとか続いているようだった。それには業界に顔が広く、接客が上手なミノリの手腕が欠かせない。自分の身体だけでなく、休んでいるあいだの店の心配までしなければいけないのだ。

「ほんとにたいへんだね」

ミノリが声の調子を変えたのがわかった。無理にではなく、心底たのしそうだ。

「カイ、さっきの電話でいってたこと、覚えてる？」

「えっ」

「ほら、自分にできることなら、なんでもしてあげるっていう約束」

「もちろん覚えてるよ」

真夜中の電話の声はなぜこれほど近いのだろう。自分の鼓膜と相手の唇が直接ふれあうようだ。声の湿り気が移り、こちらの心まで濡らしてくる。

「あれこれ考えたんだけど、わたし、カイに絵を描いてもらいたい」

「いいよ。どんな絵？」

「わたしの絵」

あっとちいさく声がでてしまった。ミノリは続ける。

「ふたつの乳房がきれいにそろっているわたしの最後の姿を、カイに本気で描いてもらいたいんだ。その絵をわたしにプレゼントしてちょうだい」

カイはじっとしていられずに、携帯電話をもったままアトリエを歩きまわった。頭のなかに無数のアイディアが浮かぶ。上半身裸のミノリが個室のベッドで起き直っている。カーテン越しに秋の初めの光がさしている。二十年以上たったミノリの乳房は、きっと重さと丸みを増していることだろう。

「どうかな。プロの画家にそんなこと頼むの、失礼かな」

「いや、ぜんぜんかまわない」

「やった。うれしい。でも、悪いけど時間がそんなにないんだ。わたしは明日から入院するの」

手術で乳房の片方はなくなってしまうのだ。治療は非情なものだ。

「わかってる。手術までしかないんだよね」

「ううん、違うの。化学療法で強い薬をつかうから、髪も抜けるし、体重も減ってしまう。そのまえの一番きれいなうちに描いてほしい。できるなら、明日からでも東京にきてくれないかな。お願い」

カイは机のうえのカレンダーに目をやった。とくに緊急を要する仕事のスケジュールははいっていない。

「わかった。明日の昼にはそちらに着くようにする」

病院の名前と住所をきいた。

「わたし、今回のことで気がついたことがある」

「なに？」

「夕方、カイに電話したとき死にたいくらいつらくて、内心では泣き叫んでいたんだ。

もう終わりだ。わたし死んじゃうんだって」

「ぜんぜんそんなふうにはきこえなかった。いつもの元気で明るいミノリだったよ」

そう返事をするだけで、涙がにじんできた。カイの心は海風に煽られるケヤキの梢のようだった。

「相手がカイだから、無理したんだ。そうしたら案外、告知のショックを受け止められた。うちのダンナしか相談相手がいなかったら、わたしきっと倒れていたと思う。カイがいてくれて、ほんとによかった」

「いきなり、なんだよ。ミノリらしくない」

「そうだね。こんなに嘘つきで、男好きのあばずれ女のそばに、ずっといてくれてありがとう」

カイは胸の中でくすりと笑った。

「そういうの、もういいよ。これからもずっとそばにいるから。ぼくたちの関係は変わらないよ。病気だの、結婚だのなんて、ぜんぜん影響ない。ぼくにはミノリがいるし、ミノリにはぼくがいる。今日は疲れたろ。早く休んだほうがいい。明日には会えるし、ぼくのまえで裸になるんだ。寝不足で顔がむくんだモデルのデッサンなんて、プロの画家としては嫌だから」

電話のむこうが無音になった。熱をもった携帯に耳を押しつける。その音は最初はきこえなかった。静かに静かにミノリが泣いている。

「……ありがと。明日ね」

「ああ、明日」

そっと電話を切る。のどが渇いていた。カイは携帯をにぎったまま、アトリエのドアを開けた。正面にパジャマ姿のミキが立っている。カイは息をのんだ。白地に紺の細かな水玉模様。

「裸って、なに？　ミノリさんを裸にして、どうするの？」

「ミキ、ちょっと待ってくれ」

大人の女が怒りに震える姿を目前にしたのは初めてだった。カイは目をあげられなかった。炎のようにミキの口から怒りが放たれる。

「わたしがなにも気づかないと思っていたの？　初めて会ったときから、あなたとミノリさんのあいだになにかないのか、わたしは心配してた。身体の関係がないとわかったあとでも、やっぱり心配だった。あなたはわたしを抱いていても、いつもミノリさんのことを考えていた」

妻のいうとおりだった。返す言葉などない。カイはうなだれる。

「何年も、何年も、疑ったまま自分の夫と暮らすのが、どれだけ不安だったか、あなたにわかる？　わたしが子どもを欲しがったのは、子どもができたらあなたが変わるかもしれないと思ったから。あなたが父親になって、わたしたちがほんとの家族になれると思ったからなのに」

ミキは強かった。ぎりぎりまでこらえた涙を一滴だけ右目から流した。号泣して叫ぶようなことはしない。追いつめるようにいう。

「ミノリさんとなにをするの？　セックスでないことはわかってる。正直にいって」

オネスティ。妻からも、そんなものを求められるとは思ってもいなかった。カイはゆっくりと顔をあげた。

「ミノリは近いうちに乳房をとる手術をする。そのまえに、ぼくに絵を描いてほしいって」

ミキの目がLEDでも仕組んだように光った。

「裸で？」

「そう、裸で。両方そろった乳房を描かなければ意味がない」

目を細めて、妻はいう。

「いいお話ね。異性の幼馴染みのために、ヌードの絵を描く。美しい姿を永遠に残してあげる」

妻が両手をぎゅっとにぎり締めた。関節が白くなるほど力をこめている。

「わたしにだって女のプライドがある。あなたがどうしてもミノリさんの絵を描きたいというなら、もう別れましょう。結婚生活はこれで終わりにする。最後はあなたが決めて」

カイはくたくたに疲れていた。夕刻から感情の嵐に襲われ、身も心も振りまわされている。

「いついく予定なの？」

「明日の朝」

ミキの怒りが目もあてられなくなるほど突然燃え立った。身体の正面が火傷《やけど》しそうだ。

「わかった。返事は明日の朝きかせて」

妻が寝室に消えると、カイはとぼとぼ階段をおりていった。水が苦い。眠ることもできず、ミキがいるベッドにも近づけずに、カイはアトリエで夜を明かした。ミキとつきあった二十年近い歳月を思った。静かな結婚生活だった。この安定が幸福なのだと、自分にいいきかせる日々だった。

明けがた、カイは心を決めると、デッサン用具を一式と短い旅行の荷物をまとめた。この家を捨て、長い旅にでなければならない。

いつもの起床時間だった。

カイは身支度を整え、寝室のドアをノックした。

「はい」

即座に返事がもどってくる。カイは半分開いた扉から、寝室をのぞきこんだ。妻は一睡もしなかったのだろう。真っ赤な目をして、ベッドで上半身を起こしている。

「ああっ」

外出着のカイをひと目見て、紙袋がやぶけるような声を漏らした。

「やっぱりミノリさんを選ぶんだ」

「すまない。もう約束したから」

妻がぼそりといった。

「さっき電話で話したよ」

「ミノリと?」

「そう。カイがあなたを選ぶようなら、離婚します。絵はあきらめてくださいって」

「なんていってた?」

「あなたと同じだった。絵はあきらめない、もう約束したからって」

誰かが目のまえで壊れていくのを目撃するのは、胸を潰されるようだ。異様に白いところと真っ赤に血の色を浮かべたところと、顔がまだら模様になる。ミキが叫んだ。

「ミノリさんはもう結婚してるのよ。あの人は一生、あなたのものになんかならない。それでもいくの?」

カイは頭をさげた。

「きみはぼくによくしてくれた。こんな男と結婚してくれて、ありがとう。ほんとうにいい奥さんだった。悪いのは、ぼくだ。でも、もういかなくちゃいけない。この家はきみにあげる。落ち着いたら、アトリエの絵をとりにくるよ。それじゃあ元気で」

ミキは呆然としている。カイは最後の言葉を投げた。

「ありがとう。さようなら」

「なによ、あんな女にだまされてるだけじゃないの。あなたは振りまわされてるだけでしょう。どうして、わたしじゃなく、あの女なの」

泣き声が寝室を満たした。カイはそっと扉を閉めた。玄関におりると、荷物を手にした。画材のはいったショルダーバッグを肩からさげ、右手にトロリーバッグを引いた。風の丘の双子ハウスの扉を開ける。一面まぶしい曇り空だった。カイは強い海風に背中を押され、波打つ草原をバス停がある国道にむかって歩いた。一度だけ振りむく。境界のケヤキは、ミノリと出会ったあのときより、ひとまわりほどおおきくなっていた。緑の全身を震わせカイになにかを訴えかけてくる。

カイはしばらく世界そのもののようにおおきな一本の木を見つめると、風のなか背を丸めて歩きだした。絵を描かなければいけない。全力の誠実さをもって、ミノリにむきあわなければいけない。国道にでると、カイは長いくだり坂をゆっくりとおりていった。

エピローグ

病室の窓は正方形で、冷たい東京の海を映していた。風の丘と境界のケヤキではなく、巨大な倉庫と高層マンションがちいさな水面をとり巻いている。カイはデッサンの準備をしながらいった。

「海の近くでよかった」

点滴をつけたまま苦労して、ミノリはパジャマを脱いでいる。

「そうだね。双子ハウスとはぜんぜん違うけど。その窓、転落防止だか自殺防止だかで、十五センチくらいしか開かないんだ」

がんの専門病院だが、ミノリの声にはまったく湿り気がなかった。カイは4Bの鉛筆をにぎり、顔をあげた。ミノリは裸で、上半身をベッドに起こしている。来週にはなくなってしまう乳房がきれいだった。肌寒いのか乳首のまわりに鳥肌が立っている。

カイは成人してから初めて見るミノリの身体を、心に焼きつけるように見つめた。興奮はしていない。冷静に今もてる技の限りで、この命を描くのだ。

「一時間に一度、看護師さんがくるけど、急がなくていいよ。わたしは何回でもモデルになるから」

「わかった。ありがとう」

自分が妻と別れたことを、ミノリはしっているだろう。カイもミノリもこの病室でそのことはひと言も口にしていなかった。カイの離婚は、自分たちのオネスティにはなんの関係もない。ついでにいうなら、ミノリの夫の存在も関係ない。

午後の光が満ちる清潔な白い部屋で、カイとミノリはふたりだけだった。カイが全身の形をとろうと鉛筆をにぎり直したとき、幼馴染みがいった。

「カイ、あの日の約束、後悔してない？」

もう最初がいつの日か忘れてしまった。恋愛も結婚もしないけれど、一切の秘密をつくらず、すべてを正直に分かちあうというあの約束。カイとミノリは幼い日の約束に、がんじがらめに縛られて生きてきた。ほかにはいい加減なところもある自分が、ミノリとの約束にだけは雑《ま》じり気のない誠実さを貫いてきた。理由はわからない。それはミノリも同じなのだろう。

「後悔はしてない。これからもたぶん、ずっと」

ミノリがひどくまじめな表情でうなずいた。

「なら、いいや。わたしもだよ」

ミノリの肩に窓からの日ざしが落ちている。まるで内側から発火しているようだ。カイはその丸さを描くために、真っ白な紙に最初の線を引いた。

解　説

花房観音

好きだからセックスしない、恋人同士にならない、結婚しないのは、壊れるのが怖いからだ。ふたりの関係が、いや、自分自身の心が。

それはとても臆病な生き方だけど、失う苦しみと悲しさを知っている人間は、そうせざるをえない。心を守るために、愛《いと》おしい人と距離を置くのは、人よりも痛みを強く感じる人間だからこその生き方だ。

愛情も、性欲も、何もかも求める気持ちが過剰な人間というのが、世の中には結構な数でいる。過剰な人間は、生きづらい。欲望の器が大きいから、いつまでたっても満たされることはない。注いでも、注いでも、器に水が満たされないのは、きっとどこかに穴が空いているからだろう。それでも乾いてしまわないようにと、必死に水を注ぎこむ。その姿は、ときに痛々しい。人には理解されず、自分自身も苦しいままだ。孤独という言葉が浮かぶ。

この物語のヒロイン「ミノリ」は、まさにそんな過剰な女だ。

美しく、学業優秀で、おそらく世間からすれば何もかも手に入れているのに、彼女は様々な男とのセックスを貪って生きている。深い欲望の甕《かめ》を枯らさぬようにと、セックスをし続ける。相手に妻がいようが、自分に恋人がいようが、おかまいなしだ。人から見れば、「淫乱」「ふしだら」「変態」「ヤリマン」などと侮蔑の言葉を投げつけられもするだろう。

けれど彼女が、物語の最後まで「孤独」に見えないのは、たったひとり、「魂の双子」の片割れが存在したからだ。

この物語は、海の見える丘にある、一本のケヤキを挟んだ二軒の家に住む少年と少女の出会いからはじまる。少年の名はカイ、少女の名はミノリ。ふたりはそれぞれの親の諍《いさか》いを目の当たりにし、ある約束を誓い合う。

「きっと男の人と女の人は、ほんとに好きならいっしょに暮らさないほうがいいんだ」

「好きなら離れていたほうがいい。遠くから大切に思う。それくらいがちょうどいい」

「わたしたちはお父さんやお母さんみたいな大人になるのはやめよう。ずっと仲よしでいようね」

カイとミノリは、そうやって、「恋愛も結婚もしないけれど、一切の秘密をつくらず、すべてを正直に分かちあう」ことを決める。

身体が成長するにつれ、性にも目覚めるが、カイとミノリはセックスしない。けれど、全て、隠すことなくお互いに報告しあう。誰と、どこで、どんなふうにやったのか、包み隠さずに。

それはミノリが東京の大学に進学したあとも続いた。突出した美貌を持ち、欲望が強いミノリは、様々な男とセックスをする。ときには、野外やSMなどの過激な行為までも。そしてそれを、全て、あの海の見える丘の家に住み続けるカイに電話で報告するのだ。

カイに恋人が出来ても、その関係は変わらなかった。

「好きになっても、いつか別れなきゃいけない。結婚なんかしたら、絶対不幸になるしかない。わたしのまわりには幸福なカップルなんていないもん」

「ときどきどうしてだろうと、不思議に思うんだ。どうして、わたしはこんなふうなんだろう。女友達みたいにサッカー部の誰かやアイドルにあこがれて、きゃーきゃー叫んだり、となりのクラスの普通の男子とつきあって普通の恋をしたりする。わたしはどうして、そういう普通のことができないんだろう。でも、あんなのつまらないし、くだらないと感じてしまう。みんなと同じになるなんて絶対嫌だって思ってしまう。わたしには、恋なんて、ぜんぜんわかんないよ」

ミノリはたくさんの男とセックスするが、恋愛はしていない。

世の中の多くの女性は、セックスが恋愛の延長線上にあるものだと考えている。私だって、かつてはそうだった。そして、恋愛、セックスの先に、結婚が当たり前にあるものだとも。そうして生きるのが、正しい女の幸せだと信じていた。

けれど、大人になるにつれ、自分の中の性の欲望が「恋愛」という枠に収まらないものだと知る。また、恋愛とセックスをセットにすると、男に求め過ぎてしまったり、期待して裏切られたり、うんざりされて、結局は自分が傷ついてしまうのも身に染みてわかった。セックスすることにより、絶たれた関係はいくつもある。

セックスは恋愛の延長線上にあるものではない。ましてや結婚という制度は全く別のものだ——それに気づいたときに、ずいぶんと気持ちが楽になった。恋愛は恋愛で、セックスはセックスで、結婚は結婚で、それぞれを結びつけずに楽しめばいいのだ。

ミノリは、最初からそれを知っていた。そしてセックスだけを様々な男に求めて生きてきた。

けれどおそらく、それができたのは、彼女が孤独にならなかったのは、彼女の全てを知り、受け入れてくれるカイという存在があったからだ。もしカイとミノリが何かのはずみで我慢できなくなりセックスをしたら——きっと、その関係は、そこで終わっていただろう。

ふたりは誰よりも強く結びついたまま、人生を過ごしていく。

タイトルの『オネスティ』は、正直、誠実という意味である。

それはふたりの関係そのものだった。ふたりはお互いに対し、正直で誠実であり続けた。

けれど、そんなふたりの関係は、他者を傷つける。

想像してみて欲しい。もしあなたの恋人や、夫、妻に、「恋愛も結婚もしないけれど、一切の秘密をつくらず、すべてを正直に分かちあう」相手がいたなら、どう思うだろうか。あなたのセックスがどんなものかも、伝わっているのだ。

私なら許せないし、深く傷つく。どんな浮気よりもひどいと相手を非難するかもしれない。

ミノリとカイとの「オネスティ」な関係は、とんでもなく残酷で、自分勝手なものだ。彼らは自分たちの心を守るために、他人を傷つけ続けた。

「わたしはつきあってきたすべての男の人をただ利用してきたでしょう。自分の欲望や仕事のために、全部つかい捨てにしてきた」

三十歳を過ぎた、ミノリの言葉だ。

その通り、ミノリにとって、カイ以外の男は、全て利用したに過ぎない。

カイだって、妻や恋人がいながらも、ミノリという存在を受け止めてきたのだから、同罪だ。

カイは、ミノリとの関係を「男と女のあいだにも友情がある」と言われて、自問自答する。

「自分とミノリのあいだにあるものは、友情なのだろうか。カイはこの関係に名前をつけようとも、正確な定義を見つけようとも思わなかった。ほかの人間たちには勝手に解釈させておけばいい。ミノリと自分のあいだにある誠実さ、オネスティは、一般的には理解されにくいだろうし、想像もおよばないだろう」

友情ではない、きっと。友情ならば、他人を傷つけたりはしない。

恋でもない。恋なら、すでに終わっているから。

ならばそれは、やはり愛という言葉しか見つからない。


セックスには快楽だけではなく、痛みがともなう。そこに愛や恋があろうとなかろうと、身体のつながりは、ときに心までもっていかれる。セックスは、それだけ強く、激しい力を持つ。セックスがただの行為に過ぎなかったら、動物のように生殖という役割しかなければ、人はこんなに苦しまずに済むのに。

『オネスティ』は、セックスの持つ痛みや哀《かな》しさを知るからこそ、しないままで、だけど誰よりも強く結びついていた稀有《けう》な男女の愛の物語である。

たやすく手に入らない、魂の愛の。

あなたがいるから、わたしは寂しくない――ラストのページを読み終えて、私の中で、ミノリのそんな声が聞こえた気がした。

きっと彼女の欲望の甕の穴は塞がれ、愛という潤いで満ちたのだ――そう信じて、安らかな気持ちになった。


（はなぶさ・かんのん　小説家）

本書は、二〇一五年一月、集英社より刊行されました。

初出　「小説すばる」二〇一三年一月号〜二〇一四年七月号

集英社文庫 目録（日本文学）

石川恭三　50代からの男の体にズバッと効く本
石川直樹　全ての装備を知恵に置き換えること
石川直樹　最後の冒険家
石川宗生　ホテル・アルカディア
石倉　昇　ヒカルの碁勝利学
石田衣良　エンジェル
石田衣良　娼《しょう》年《ねん》
石田衣良　スローグッドバイ
石田衣良　1ポンドの悲しみ
石田衣良　愛がいない部屋
石田衣良　空は、今日も、青いか？
石田衣良他　恋のトビラ　好き、やっぱり好き。
石田衣良　答えはひとつじゃないけれど　石田衣良の人生相談室
石田衣良　逝《せい》年《ねん》
石田衣良　傷つきやすくなった世界で
石田衣良　REVERSEリバース

石田衣良　坂の下の湖
石田衣良　北斗　ある殺人者の回心
石田衣良　オネスティ
石田衣良　爽《そう》年《ねん》
石田衣良　禁猟区
石田夏穂　我が友、スミス
石田夏穂　黄金比の縁
石田雄太　桑田真澄　ピッチャーズ バイブル
石田雄太　イチローイズム
伊集院静　むかい風
伊集院静　機関車先生
伊集院静　宙ぶらん
伊集院静　いねむり先生
伊集院静　愚者よ、お前がいなくなって淋しくてたまらない
伊集院静　琥珀の夢　小説 鳥井信治郎(上)(下)
伊集院静　ごろごろ

伊集院静　で　く
伊集院静　タダキ君、勉強してる？
泉　鏡花　高《こう》野《や》聖《ひじり》
泉ゆたか　雨あがり　お江戸縁切り帖
泉ゆたか　幼なじみ　お江戸縁切り帖
泉ゆたか　恋ごろも　お江戸縁切り帖
泉ゆたか　母子草　お江戸縁切り帖
泉ゆたか　旅立ちの空　お江戸縁切り帖
伊勢﨑賢治・布施祐仁　文庫増補版 主権なき平和国家　地位協定の国際比較からみる日本の姿
一条ゆかり　実戦！恋愛倶楽部
一条ゆかり　正しい欲望のススメ
一田和樹　天才ハッカー安部響子と五分間の相棒
一田和樹　女子高生ハッカー鈴木沙穂梨と0.02ミリの冒険
一田和樹　内通と破滅と僕の恋人　珈琲店ブラックスノウのサイバー事件簿
一田和樹　原発サイバートラップ
一田和樹　天才ハッカー安部響子と2,048人の犯罪者たち

集英社文庫　目録（日本文学）

集英社文庫　目録（日本文学）

集英社文庫　目録（日本文学）

集英社文庫 目録（日本文学）

集英社文庫

オネスティ

2017年11月25日　第1刷　　定価はカバーに表示してあります。
2025年6月22日　第2刷

著　者　石田衣良《いしだいら》

発行者　樋口尚也

発行所　株式会社　集英社
東京都千代田区一ツ橋2-5-10　〒101-8050
電話　【編集部】03-3230-6095
【読者係】03-3230-6080
【販売部】03-3230-6393（書店専用）

印　刷　TOPPANクロレ株式会社

製　本　TOPPANクロレ株式会社

フォーマットデザイン　アリヤマデザインストア　　マークデザイン　居山浩二

ISBN978-4-08-745656-1 C0193